FLORELLO,

HISTOIRE MÉRIDIONALE.

PREMIERE PARTIE.

F. M. Quéverdo inv.   L. Le Grand Sculp.

FLORELLO.

FLORELLO,

HISTOIRE MERIDIONALE.

Par M. LOAISEL DE TREOGATE,

ci - devant Gendarme du Roi.

Rura mihi & rigui placeant in vallibus amnes,
Flumina amem Sylvafque inglorius.

VIRG.

PREMIERE PARTIE.

A PARIS,

Chez MOUTARD, Libraire de la Reine,
rue du Hurepoix.

M. DCC. LXXVI.

LETTRE

A M. COLL.

Ci-devant Officier au Régiment de Walch.

Le 2 Mars 1776.

VOILA, mon Ami, une seconde Anecdote que je donne au Public ; elle n'eſt probablement pas mieux achevée que la premiere ; mais encore étranger dans le Monde littéraire, inconnu à tous ceux qui le compoſent, je n'ai pu ſoumettre mon début à la cenſure de quelque Homme inſtruit, qui auroit pu guider ma marche, rectifier mes idées, & régler une imagination, qui, tantôt brûlante, & portée ſur l'aîle des chimeres, vole & plane avidement

a 2

dans des efpaces fans limites ; qui, tantôt aux prifes avec le fort, eft agitée,
flétrie par la convulfion du malheur ;
qui, quelquefois douce & paifible,
voltige fur les tableaux agréables &
fimples de la Nature, & s'y repofe avec
délices.

Florello eft le fruit de cette imagination ; vous n'y verrez ni plan ni ordre, rien de fini ; une peinture des
affections les plus vives, des maximes
touchantes, & fans âpreté, la négli-
gence quelquefois, l'ivreffe de la douleur,
du fentiment, de la vérité peut-être ;
c'eft, je crois, tout ce qui vous frap-
pera. Je ne demande point le fuffrage
du génie. Puiffiez - vous être attendri
fans rien admirer! Puiffiez-vous trouver
un jour dans mes écrits ce charme fe-
cret, cette magie infenfible, qui touche,
qui remue, & amene la larme à l'œil
fans qu'on fache pourquoi ?

Montrer des graces fimples, une expreffion naïve & vraie du cœur humain ;

faire paffer dans l'ame des Lecteurs une
voluptueufe impreffion de mélancolie,
qui refte & qui tourne au profit de la
vertu : voilà toute la fcience , toute la
perfection que j'ambitionne. On ne man-
quera pas de m'affurer que j'en fuis bien
loin ; mais ma réponfe fera le vers d'Ho-
race :

Eft quodam prodire tenus , fi non datur ultrà.

Si la fenfibilité , comme on l'a dit ,
influe fur les productions en tous gen-
res , fi elle donne à l'ame un reffort
prodigieux , fi elle eft la mere du génie
& le germe des plus grands talens , je
dois m'engager fans crainte dans la
plus épineufe de toutes les carrieres. Je
dis plus ; quoique je ne faffe qu'entrevoir dans le plus obfcur lointain la
palme deftinée aux Grands - Hommes ,
il m'eft permis de me repaître de l'efpoir de l'obtenir un jour. Car j'ofe affurer que jamais la Nature ne forma

un cœur plus fenfible que le mien. Cependant je n'attache aucune prétention
à ces œuvres éphémeres. Enfoncé dans
la folitude, défabufé de l'erreur de
l'Optimifme, à laquelle je croyois autrefois, dévoré d'ennui, livré à moi-
même, je cherchois un baume falutaire
aux bleffures qu'a reçu mon ame dans
le commerce du monde. Je voulois, par
quelque diftraction agréable, faire treve
à mes chagrins. La culture des Beaux-
Arts, que j'ai toujours aimés, m'a paru
une occupation confolante; j'ai pris la
plume, & j'ai écrit. J'ai lu mes paffe-
temps à une bonne Dame, qui n'eft pas
bel-Efprit, mais qui aime à faire le bien.
Elle en a été enchantée, & il y a tout
lieu de croire qu'elle l'eût été à moins :
elle a même verfé des pleurs. Il m'a
paru touchant de faire pleurer le beau
fexe. Je fuis revenu fur mes pas ; j'ai
développé des caracteres qui n'étoient
que nuancés; je me fuis appliqué à mieux
foigner mon ftyle, à répandre plus

d'intérêt fur les détails, & je me fuis fait imprimer. Voilà la caufe bien fimple de mon entrée dans la carriere des Lettres. Mais revenons à nous, mon cher COLL.

J'ai à répondre à un de vos reproches. Vous vous plaignez de cette teinte lugubre répandue fur tous mes Ecrits, de cette mifanthropie éternelle que je porte, dites - vous, dans les Cercles, dans les Spectacles, & même au fein de l'amitié. Il eft vrai, mon ami; je facrifie fans relâche à la noire mélancolie, & le foleil dans fon cours me retrouve fans ceffe aux pieds de fon idole. Je voudrois bien abjurer un culte contre lequel mon cœur réclame encore quelquefois. J'aimerois, dans des vers légers, à chanter Glycere, à rire des Héraclites du jour, à vanter mon *infouciance*; mais cela n'eft plus en mon pouvoir. Les faillies de mon imagination font éteintes; mon efprit, devenu mauffade & nébuleux, ne trouve plus rien de plaifant. Je vous offrirois plutôt la triste image d'un Lappon, enseveli dans ses frimats, que le tableau frais & colorié d'un Petit-Maître sémillant, ou d'une Nymphe de Coulisse. Je peindrois plutôt les fonctions funebres des Miniftres d'Atropos, que les scenes délicieuses d'une nuit passée au Bal de l'Opéra, ou d'un voyage d'été, fait par la Galiote à Saint-Cloud. Je suis d'un pathétique, d'un sombre qui effaroucheroit le Docteur Young lui-même.

Si vous veniez à me voir au moment où je vous écris, vous me prendriez sans peine pour un Légat des Trépassés, tant ma mine est funéraire ! Le Philosophe d'Abdere, avec tous ses ris, ne viendroit pas à bout de me faire rire ; tous les efforts de l'ironie, tous les sels de l'épigramme ne dérideroient pas mon front ; je crois même que mon sérieux seroit à l'épreuve des agaceries d'un minois séduisant. C'est m'avouer atteint d'un mal incurable, c'est me confesser mort, & me mettre dans le

cas de m'entendre dire de tous les côtés : *fuis au fond des bois avec les ours
tes pareils.* Mais qu'y faire ? A cela je
répondrai par le vieux proverbe : *les
jours se suivent, & ne se ressemblent pas.*
Il fut un temps où mon esprit pétilloit
comme le Champagne, où j'étois fou
comme une vieille amoureuse ; mais de
Disciple joyeux de Mars que j'étois
alors, je suis devenu le triste Eleve d'A-
pollon. Autrefois je marchois fier, in-
trépide, hérissé de piques étincelantes,
au bruit belliqueux des fanfares ; aujourd'hui je marche hérissé de vers,
de phrases & de grands mots, aux sons
rauques & mal cadencés d'une lyre bri-
sée. Autrefois, monté sur un beau che-
val, que je nommois le *Superbe*, dont
le regard de feu, la magnifique enco-
lure répondoient merveilleusement à
son nom, j'aimois à le voir écumant,
caracoler & s'élancer rapidement dans
la plaine ; j'aimois à me voir enveloppé
d'un noble tourbillon de poussiere, au

milieu d'un brillant Escadron ; maintenant à l'ombre d'un manteau Platonicien,
courbé sous la besace philosophique, je
marche d'un pas lent & timide dans les
sombres détours qui précedent les avenues du Temple de Mémoire .... Je
finirai par m'y égarer sans doute ; mais
le monde étant un labyrinthe, il vaut
encore mieux s'égarer au chemin de la
renommée, que dans toute autre route.
Autrefois je n'avois d'ennemis que ceux
de la Patrie (1) ; aujourd'hui j'ai à com-

---

(1) O jours que j'ai passés au service de mon Roi!
jours que je regrette, & si vîte écoulés ! Vous fûtes les
plus beaux de ma vie !.... Que ne puis-je oublier l'éve-
nement malheureux qui me fit renoncer pour un temps à
une Profession faite pour produire l'enthousiasme des vertus !..... O vous, si justement placé à la tête d'un des
plus beaux Corps de toute l'Europe, & qui vous doit
tout son lustre * !.... Mon cœur est plein de mille senti-
mens de respect, de reconnoissance & d'admiration pour
vous ; que ne puis-je l'épancher comme je le desirerois?...
Pourquoi eûtes-vous à vous plaindre de moi ?.... Vous
m'honorâtes de votre protection. Mais...... je ne sers

---

* Tout le monde sait que c'est M. le Marquis de Castries
qui a mis la Gendarmerie sur le pied où elle est aujourd'hui.

(11)

battre des chagrins, des préjugés, &
tous les Aristarques de la Littérature.

Je me rappelle encore ces heures
charmantes que j'ai vu s'écouler pour
moi dans le sein des amours : mais la
froide infortune me défend d'en jouir.
Je suis un esclave enchaîné à l'extrémité d'une galerie, & qui voit à l'extrémité opposée le tableau des plaisirs
qu'il goûta pendant les jours heureux de
fa liberté. Condamné aux privations, je
ne peux plus que dire & redire fans cefle:

. . . . Ah ! reviens, viens, Amante chérie,
Ranimer les reſſorts de ma mourante vie ;
Rends-moi tous tes attraits, ce teint, cette fraîcheur,
Ce regard ingénu, languiſſant, enchanteur,
Ces deux levres de pourpre, & qu'on eût dit deux rofes
En un matin d'été nouvellement éclofes.
Rends-moi de ton beau front le tendre coloris,
Voluptueux mêlange & d'azur & de lis ;
Ce fourire enfantin, ces boucles ondoyantes,
Sous un léger chapeau négligemment flottantes ;
Ces globes arrondis, ces mobiles contours,
Ce fein joli, charmant, le trône des Amours.

O ma Chloé ! rends-moi ces biens dignes d'envie,
De ton fouffle embaumé la célefte ambroiſie ;

plus fous vos ordres.. Voila a plus amere de toutes mes
douleurs.

Ce trouble, ces friſſons, ce coffet entr'ouvert,
De nos profonds élans l'harmonieux concert......
Rends-moi cet abandon, cette aimable molleſſe,
Où ſe plongeoient nos ſens au ſortir de l'ivreſſe ;
Ces yeux appeſantis, cherchant en vain le jour ;
Ces fortunés momens envolés ſans retour.

Reverrons-nous encor ce berceau ſolitaire,
De nos vives ardeurs ſecret dépoſitaire ;
Ce tapis odorant, jonché de mille fleurs,
Séjour heureux des ris & des molles langueurs ;
Ce rocher jailliſſant & ce diſcret feuillage,
Qui couvrit nos tranſports de ſon fidele ombrage ?

Que j'aimois à te voir de tes bras amoureux
Me ſerrer ſur ton cœur embraſé de nos feux,
M'étouffer de ſoupirs, & de ta bouche ardente,
Sur ma bouche cent fois chercher mon ame errante !
Adorable délire ! ô doux enlacemens !
Tu te livrois entiere à mes embraſſemens.
Tes humides baiſers, le trouble de nos ames,
Convertiſſoient mon ſang en un torrent de flâmes.
Bientôt tu te mourois ſous le poids du plaiſir ;
Je voyois tes beaux bras m'échapper, s'affoiblir ;
Un doux rézeau de pleurs obſcurciſſoit ta vue ;
Tu reſtois tout-à-coup immobile, étendue,
Laſſe de volupté.....Dans l'aimable abandon,
D'Aurore ſommeillant dans les bras de Titon,
L'organe de ta voix ne faiſoit plus entendre
Qu'un murmure confus, qu'un ſon débile & tendre.
Tu diſois : « cher Amant, après ce doux trépas,
» La vie offriroit-elle encor quelques appas ?
» Ah ! viens, mourons encor ſur le ſein l'un de l'autre :
» Le plaiſir eſt ma loi, je n'en connois point d'autre.

Sous l'ombre du lilas les pigeons roucouloient;
D'un bruit voluptueux les ondes frémiſſoient;
Les rameaux agités, l'aſtre de la lumiere,
Sur la voûte des bois, prolongeant ſa carriere:
Tout ſentoit notre ivreſſe, & partageoit nos feux.
La Nature treſſaille à l'aſpect d'un heureux (1).

Grand Dieu, que les plaiſirs ſont voiſins des alarmes!
Des Cieux je ſuis tombé dans un gouffre de larmes.
Amour, pour moi tu fus un phoſphore qui luit
Et ſoudain diſparoît dans une ſombre nuit.
Tu fus comme ces nœuds que ſur le ſable on trace,
Qu'un flot mobile emporte, ou qu'un zéphyr efface.
J'ai vu s'évanouir Maîtreſſe, eſpoir, ſanté;
Le Temps moiſſonna tout, il a tout emporté.
Du monde loin de moi s'eſt enfui la chimere;
J'habite un déſert nu dans la Nature entiere....
Si du ſein des ennuis j'entrevois le bonheur,
Je cours, je vole encore au fantôme trompeur.
Mais ma voix, vainement douloureuſe & plaintive,
N'appelle par ſes cris qu'une ombre fugitive.

-----

(1) Cenſeurs atrabilaires, qui condamnez ces douces
peintures, répondez-moi! Vit-on jamais le crime faire
des heureux? Vous me direz que non ſans doute. Eh
bien, jamais bonheur ne fut plus vif & plus pur que celui que j'ai goûté dans les bras de ma Maîtreſſe. La vertu
peut donc ſourire à l'amour, & goûter quelquefois ſes
plaiſirs. Voilà un argument ſans réplique. Je ſais cependant qu'il ne vous convaincra pas. La raiſon pour vous
n'a point de voix; le fanatiſme vous aveugle; vos ames
altieres, pétries de fiel, & mortes aux vraies douceurs
de la vie, ne connoiſſent de jouiſſances que celles de la

Où vais-je? Où m'entraîne mon enthoufiafme? Pardonnez-moi cette digreſſion poëtique ; emporté par ma verve, en proie à des ſouvenirs déchirans, j'allois faire une héroïde; j'oubliois que je vous écris en profe : ô mon ami ! vous connûtes ma Maîtreſſe ; vous ſavez comme elle m'aimoit, combien elle étoit vertueuſe & belle ; vous ſavez.. Mais elle a changé .... elle eſt perdue... Tout eſt perdu pour moi .... Il ne me reſte plus que des regrets.

Par mes pleurs je préviens les larmes de l'aurore :
Dans mes larmes noyé le ſoir me trouve encore ...

C'eſt ainſi que la ſucceſſion des années amene les révolutions & les métamorphoſes. Tout paſſe, tout change; les poiſſons ſe pétrifient, le ver devient

---

haine & de l'emportement. J'entends d'ici le cri de l'indignation. Vous m'abhorrez, & moi je vous aime ; mais je ne puis m'empêcher de vous plaindre. Je vous regarde moins comme des ennemis de la ſociété, conjurés pour en détruire le lien, la conſolation & le charme, que comme des malheureux à qui la Nature a refuſé un cœur.

papillon ; ce qui n'étoit autrefois qu'une pierre brute, se change en diamant. Les linéamens fins & délicats d'un beau visage se convertissent en rides épaisses ; un Roi de Macédoine devient Greffier à Rome, & un Roi de Syracuse Maître d'Ecole à Corinthe ; le colosse de Rhodes, les chef-d'œuvres de Gnide & de Cos sont détruits ; la fameuse Persépolis n'est plus qu'une prairie sauvage. L'on a vu tous ces changemens. Est-il donc étonnant que moi, qui aimois à rire autrefois, je prenne aujourd'hui du plaisir à pleurer. Peut-être ce plaisir se changera en dégoût ; peut-être que la premiere lettre que je vous écrirai sera datée du pays des Hottentots ou du Groenland ; qui sait si elle ne le sera point de Senlis ou des petites Maisons ? Il faut s'attendre à tout. Je ne suis point de ces Philosophes qui chargent Dieu de la garde de leur valise. Je me défie des évenemens, & les vois venir comme se trouvant dans

l'ordre naturel des chofes. Il en eft cependant un que je n'attends ni ne crains
point ; c'eft celui qui me feroit vous oublier. Le Temps, qui change tout, ne
changera jamais les tendres fentimens
avec lefquels je fuis , &c.

FLORELLO,

FLORELLO,

HISTOIRE MÉRIDIONALE.

QUE le Despote, armé d'un foudre destructeur, cherche le plaisir dans le sang de l'innocence & dans les pleurs de sa Patrie; que le Fanatique le poursuive dans les vastes espaces, où l'égare son imagination exaltée; que le Voluptueux le cherche dans l'oubli de la raison & dans le néant de l'oisiveté, tandis qu'un invisible burin trace lentement sur ses joues les avant-coureurs de son désespoir; que l'Avare le guette sur son trésor; & le Dissipateur à sa table, au milieu d'un cortege de faux amis :

Jamais je ne m'égarerai, à sa poursuite dans ces tristes voies hérissées d'épines, & toujours entrecoupées d'ombres épaisses, où l'on

Part. I.   A

finit par fe perdre. C'eft dans un plus doux afyle que mon cœur le cherche, fûr de le trouver. C'eft dans ton fein, ô vertu! dans ces heures de retraite, dans ces momens délicieux, où pénétré de ta chaleur falutaire, je vois le monde & tous fes rêves brillans s'évanouir devant moi; qu'alors mon exiftence m'eft chere! que les faveurs des Grands & tous les météores trompeurs de la vie font peu de chofe à mes yeux! Que je végete dans une longue obfcurité, privé des éloges de la renommée, & victime affidue de la perfécution; que les cyprès de l'aride infortune ombragent fans ceffe mon fimple réduit, le fourire de la paix brillera fur mes levres, tant que j'aurai mon cœur, tant qu'il fe confervera fenfible.

O vous qui prêtâtes une oreille de fer aux cris de ma jeuneffe délaiffée, & qui me fermâtes l'afyle facré de la bienfaifance, dois-je me plaindre de votre barbarie? Ne dois-je pas plutôt en rendre grace au Ciel? En m'ôtant mes chagrins, peut-être m'euffiez-vous ravi ma fenfibilité. Malheureux l'être qui n'a jamais fenti les émotions vives & touchantes du fentiment, & dont l'ame de glace ne s'eft jamais repliée voluptueufement fur elle-même! O volupté pure! raviffement, douce vie d'une ame fenfible ! L'Eternel te forma pour être la récompenfe de ceux qu'il aime.

Je vous falue, lieux champêtres, afyles du repos, où le Sage vit pour fe connoître, & finit comme une douce vapeur qu'exhale la la terre, fécondée par la rofée du matin. Je vous falue, flots limpides, détours ombragés, ceintres de verdure, qui avez fait circuler dans mon être la joie pure & le vrai contentement. Et vous, campagnes fortunées, folitudes aimables, que m'indiquerent autrefois le mépris du monde & l'horreur du vice, & où mon cœur, délicieufement agité, fit fi fouvent répéter à ma bouche les accens de la vertu ; c'eft fous vos ombres embaumées & fur vos gazons femés de rofes que je vais peindre les charmes du repos & l'innocence fatisfaite ; animez mon expreffion ; prêtez à ma voix une harmonie douce, afin que je donne à mes idées l'empreinte du fentiment, le coloris tendre de la nature, & que je faffe paffer dans l'ame de mes Lecteurs toutes les nuances de la mienne, & toutes les délices dont je fuis pénétré.

Dans l'ancienne Caftille d'or (1), entre

____

(1) On la nomme aujourd'hui Terre-Ferme.

l'Isthme de Panama & la nouvelle Grenade ; aux pieds des fameuses Cordillieres , ces montagnes immenses, qui portent jusqu'aux nues leurs sommets glacés, & qui se continuent en traversant le Pérou & le Chili, sans presque aucune interruption jusqu'au Détroit de Magellan ; dans cette partie de l'Amérique méridionale, qui est le plus au nord, est un continent désert ; où la simple nature semble avoir épuisé ce qu'elle a de plus merveilleux. De jeunes peupliers, des bosquets d'arbres odoriférans (1), plantés dans un ordre naturellement symmétrique ; la belle riviere d'Orenoque (2), répandue sur le fond verd du vallon, roulant majestueusement ses eaux dans la vaste étendue de son lit , & se perdant dans le lointain en paisibles détours, forment un spectacle que l'on ne peut voir d'un œil indifférent. Cette perspective est bornée par d'épaisses forêts, qui, dans l'éloignement, terminent le plus agréable horizon du monde.

---

(1) Il croît des arbres de senteur dans cette partie de l'Amérique.

(2) L'Orenoque, grande & belle riviere d'Amérique, qui prend sa source au Popayan, & tombe dans la mer par seize embouchures.

(5)

C'eſt dans cette riante ſolitude qu'habitoit depuis long-temps un vieux Solitaire, appellé Kador. Là, depuis quarante ans le bon vieillard paſſoit ſes jours avec Dieu. Sans paſſions, ſans ſoucis, ſans deſirs, il reſpiroit l'innocence. Son ame étoit pleine de la vérité, dont elle étoit la ſource. Sa conſcience étoit pure, ſon cœur étoit content. Sage dès ſa jeuneſſe, l'amour de la vertu étoit chez lui comme une affection naturelle, dont il ſuivoit ſans effort la douce impulſion. Rien ne troubloit le cours de ſes paiſibles journées. Il avoit vieilli, ainſi que tous les objets qui l'environnoient, ſans preſque s'en appercevoir, parce que ſon ame avoit toujours été la même.

Sa cellule, l'ouvrage de ſes mains, étoit ſituée ſous la pente d'une colline, tapiſſée de lierre ſauvage, & qui la protégeoit contre les vents du nord. C'étoit un tiſſu de feuillages & de gazons, cimentés enſemble, que le temps avoit couvert d'un lichen (1) épais ; elle étoit environnée d'une haie verte de mangliers & d'aubépine, qui ne laiſſoient entr'eux qu'une étroite ouverture, & qui ajoutoient aux char-

____

(1) Plante paraſite, qui vient ſur l'écorce des vieux arbres & ſur les toits de chaume. Elle reſſemble à une croûte mêlée de jaune & de blanc.

mes de cette simple retraite. Une source d'eau vive, qui couloit tout près sous un antique mapou (1), avoit particuliérement fixé le Solitaire en ce lieu. C'étoit là que chaque jour il venoit éteindre sa soif, en satisfaisant aux autres besoins de sa subsistance ; c'étoit le réfectoire du bon Kador.

Le Solitaire s'occupoit tantôt à cultiver un petit jardin qu'il avoit défriché devant sa cabane, tantôt à réhabiliter les fossés qui en formoient l'enceinte. Il étendoit les rameaux du fertile espalier ; il prévoyoit la destruction des plantes, & ses mains industrieuses aimoient à en renouveller l'existence. Il étudioit la nature, & en recherchoit curieusement tous les secrets. Plusieurs autres occupations de cette espece partageoient innocemment son loisir.

Un beau soir, le bon Kador étoit assis sur une pierre, à côté de l'entrée de sa cellule, au milieu d'un plant de jasmin ; son front chauve étoit tourné vers les Cieux, tout en lui respiroit la douceur & le calme attendrissant d'une longue sagesse.

» Que ce Ciel est beau, disoit - il ! Que
» j'aime à voir ce bel azur & ces petits flots
» d'albâtre & de pourpre, qui descendent lente-

____

(1) Gros chêne de l'Amérique.

» ment vers les plaines de l'occident ! O riche &
» superbe dôme, dont la vue me remplit d'une
» douce ivresse, quand verrai-je expirer dans
» ton sein mes brûlans desirs ? Quand cesserai-
» je de tenir à la terre, pour contempler de
» près le majestueux éclat de ton Auteur? ...
» Mais dois-je être impatient, lorsque je tou-
» che au terme de mes jours? Ne serai-je pas
» injuste d'accuser la lenteur du trépas, tandis
» que le Ciel semble avoir choisi le réduit le
» plus beau qu'il y ait sur ce globe, pour m'y
» faire couler une vie fortunée autant qu'elle
» peut l'être sous le firmament! Tout ce qui
» m'environne est à moi; je jouis des riches
» présens de la terre & des beautés tranquilles
» de la nature : mon œil ne s'égare que sur des
» rians paysages. Là-bas, c'est la douce lu-
» miere du soleil, finissant son cours, qui vient
» réjouir ma vue ; ses rayons mourans, qui
» vont se perdre dans le crystal du fleuve,
» m'offrent la plus touchante perspective.
» Ici, c'est le zéphir, qui agite mollement le
» feuillage, & qui, venant à faire sentir sa
» douce influence à mes joues surannées,
» porte dans mes veines une impression de
» fraîcheur, qui révivifie tout mon être. Là,
» le gazouillement foible & tendre de ce petit

» oiſeau, qui s'aſſoupit par degrés ſous ces
» branches épaiſſes, m'offre l'image d'un Sage,
» qui, au terme d'une carriere vertueuſe, s'en-
» dort paiſiblement au ſein du trépas.

Le Vieillard épanchoit ainſi ſon cœur ſa-
tisfait, quand l'aſpect ſubit d'un jeune homme,
couvert d'habits déchirés, & embraſſant ſes
genoux, vint tout-à-coup l'interrompre.

Kador, qui depuis long-temps n'avoit vu
d'hommes, fit un mouvement de ſurpriſe, &
parut vouloir s'éloigner.

» O mon pere! ô mon pere! s'écria le jeune
homme d'une voix étouffée dans les ſanglots,
& ſoulevant avec peine un viſage livide &
creuſé par les larmes : « ſi la compaſſion a quel-
» quefois remué tes entrailles, ſi ton cœur ne
» dément point la douceur & l'air d'humanité
» répandu ſur ton auguſte front ; arrête un
» moment tes regards ſur un être iſolé dans ce
» vaſte déſert, que pourſuit l'infortune, & que
» le tombeau réclame, qui ne tient plus à la
» vie que par les liens les plus foibles, & qui
» ne te demande que la grace de l'écouter un
» inſtant, pour mourir enſuite à tes yeux.

Que le viſage d'un malheureux eſt éloquent!
Le Solitaire, frappé de ces mots, laiſſe, pour
la premiere fois depuis qu'il étoit dans cette

folitude, couler des larmes de chagrin ; pour la premiere fois le nuage de la douleur vint obfcurcir ce front où avoit toujours brillé une joie tranquille ; fes rides s'épailliffent ; fes membres agités, tout fon corps tremblotant, peignent à la fois la compaffion & le vif intérêt que lui infpire le jeune homme. Il le releve, le preffe contre fon fein, & fa bouche refte muette.

« — Bon Vieillard, dit l'Inconnu, ma » vue t'attendrit. Ah ! eft-ce pour toi que » font faits les fanglots ? Eft-ce à la vertu de » gémir ? Non, c'eft à moi feul ; moi feul cou- » pable & malheureux ; moi feul chargé de » tous les maux enfemble. Je dois vivre, lan- » guir & mourir dans les pleurs ; je fens com- » bien je fuis cruel de venir attrifter ton ame, » & troubler ta paix par le fpectacle de mes » fouffrances. Mais le hafard m'a jetté fur ces » bords. Excedé des miferes de la vie, trifte » jouet de la cruauté des hommes, j'y cher- » chois une fin defirée, quand je t'ai apperçu. » Mes premiers regards fur toi ont été des » regards d'indignation, parce que je maudiffois » toute la race humaine. J'ai détourné la vue ; » j'ai eu du dépit de rencontrer un être dont » toute l'efpece m'étoit devenue odieufe. Cepen- » dant mes yeux, pouffés par un mouvement

» involontaire, se font encore arrêtés sur toi.
» Tu m'as paru auguste ; j'ai vu dans tes traits
» l'expression de la bienveillance & de la
» bonté. Plus je te considérois, plus je trou-
» vois de plaisir à te considérer ; enfin, attiré
» par une main invisible, je n'ai pu m'en dé-
» fendre ; j'ai volé vers toi, résolu de dé-
» poser dans ton sein le fardeau de mes dou-
» leurs. J'abandonne une région perverse, toute
» inondée de larmes de la triste humanité,
» où les soucis rongeurs s'attachent à tous les
» êtres, & corrompent tous les plaisirs ; où le
» malheureux ressemble à un spectre effrayant
» que l'on s'empresse de fuir. Vois-tu ces ha-
» bits en lambeaux, ces bras desséchés, & ces
» os qui percent ma peau ? Vois - tu ces
» yeux éteints, ces joues haves & cicatrisées,
» enfin tout mon corps qui n'est plus qu'un
» squelette mouvant ? eh bien, c'est l'ouvrage
» des hommes : c'est le fruit de sept années
» de peines. Le chagrin, comme une vapeur
» mortelle, a détruit ma jeunesse. Depuis
» treize ans, ma vie n'est qu'un tissu d'infor-
» tunes.

» Mon fils, reprend le Vieillard avec un
» profond soupir, ton ame & ton corps ont
» besoin de repos ; entrons dans la cabane.

Il fit prendre des alimens au jeune homme; enfuite il entaſſa des feuillages verds, pour qu'il étendît deſſus ſes membres engourdis par la fatigue. Le jeune Inconnu ſe coucha ſur ce lit champêtre, & un doux repos vint rafraîchir ſes ſens épuiſés.

Les humides vapeurs du matin baignoient déjà le toit paiſible du Solitaire; il ſe dégage des bras du ſommeil, & va réveiller ſon Compagnon. Le jeune homme ſe leve. « Allons, » mon fils, lui dit - il, allons jouir des pre- » miers rayons du jour; montons ſur cette col- » line, & nous nous y repoſerons.

Il le mene ſur une petite éminence, couronnée d'un platane verd, & d'où l'œil embraſſoit le contour immenſe d'une vallée délicieuſe. Les nuages fumans ſe diſſipoient, & déjà l'orient s'embelliſſoit de toutes les nuances de la pourpre ; une riche impreſſion de lumiere, diverſifiée de mille couleurs raviſſantes, environnoit l'horizon : toute l'étendue de la plaine offroit une ſurface riante & animée. L'air étoit imprégné des plus douces odeurs ; mille perles liquides s'élevoient des caſcades, qui jailliſſoient avec bruit du haut des montagnes. Le fleuve, les ruiſſeaux & les fontaines redoubloient leur éclat, & n'offroient

que charmans rivages , en fervant de miroir
au bel aftre qui commençoit à paroître. Le
cœur flétri du jeune homme s'épanouiffoit à la
vue de ces merveilles : tous fes fens s'ouvroient
à la volupté.

» Tout ce qui eft fous nos yeux , dit le bon
» Vieillard avec un fentiment naïf & tendre ,
» nous offre le plus touchant des fpectacles.
» Voilà , mon fils , mes plaifirs depuis quarante
» ans que je vis dans ce défert , ignoré des
» hommes; la nature ne ceffe d'avoir pour
» moi des charmes. Depuis long-temps, pour
» la premiere fois , je l'ai vue & admirée,
» je la vois & l'admire encore. C'eft ici que
» chaque matin je viens rendre hommage à
» celui qui fertilife ces lieux , qui protege mes
» jours , & qui aime à prolonger leur durée
» paifible ; c'eft ici que fe complaît ma vieilleffe
» folitaire.

» O fortuné Vieillard ! interrompt tout-à-
coup le jeune homme, « il eft donc vrai que
le contentement fuit les demeures bruyantes , &
ne fe trouve que dans l'afyle de la fimplicité.
Une vie douce n'eft donc le prix que de la vertu.
Comme ta félicité m'attendrit & m'étonne ! Mais
écoute mon hiftoire , & juge-moi ».

Il raconta qu'il fe nommoit Florello , qu'il

étoit natif de Londres, & fils d'un Marchand de cette Ville; que son pere & sa mere étoient morts, lorsqu'il étoit encore au berceau, & qu'il s'étoit embarqué fort jeune pour la Jamaïque, où il avoit eu beaucoup de malheurs; qu'il avoit donné dans bien des travers, & couru long-temps après la fortune sans pouvoir l'atteindre; qu'ayant voulu revenir à Londres, il avoit été pris par des Corsaires Maures, & conduit dans les prisons d'Alexandrie, d'où il étoit sorti pour devenir l'esclave d'un maître impitoyable, qui, pendant deux années, lui avoit fait essuyer les plus durs traitemens; qu'il avoit été obligé d'embrasser la Religion Mahometane, pour s'arracher à l'horreur de sa captivité : & qu'il s'étoit rendu à Tunis, d'où il étoit revenu dans sa Patrie.

De retour à Londres, il s'étoit présenté, dépourvu de tout, chez ses parens, qui, fâchés de voir augmenter les héritiers du vieux Florello, lui avoient contesté sa naissance, & avoient refusé de le reconnoître devant les Juges. Les changemens que le malheur avoit produits dans toute sa personne, avoient semblé déposer contre lui. N'ayant aucun titre pour prouver ses droits à la succession, il en avoit été exclus, & arrêté comme un imposteur. Il

s'étoit échappé des prisons de Londres, & s'é-
toit refugié chez d'anciens amis de son pere,
qui n'avoient point aussi voulu le reconnoître.
Gémissant de sa cruelle destinée, il avoit dit un
éternel adieu à son ingrate Patrie, & s'étoit
rembarqué sur un navire qui faisoit voile pour
le Pérou. Le vaisseau avoit été attaqué d'une
violente tempête sur la fin de la navigation ;
tout l'équipage étoit en mouvement, & tra-
vailloit avec ardeur ; il avoit aussi voulu ma-
nœuvrer , & avoit fait sans le savoir une ma-
nœuvre dangereuse. Un Matelot brutal s'étant
trouvé près de lui, l'avoit poussé rudement
dans la mer. Il s'étoit sauvé à la nage dans cette
Isle deserte, où, maudissant le destin & les
hommes, il avoit résolu d'attendre la mort.
C'est-là qu'il rencontra le Vieillard.

Florello fit un détail beaucoup plus long &
plus circonstancié de toutes ses aventures. Il avoit
fini son histoire. Kador le regardoit fixement
sans rien dire ; enfin il rompit le silence en ces
termes.

» Mon fils, un Laboureur avoit un champ qui
ne produisoit que de l'ivraie & des chardons ;
chaque jour il coupoit ces mauvaises herbes , &
chaque jour elles repoussoient avec plus d'abondance. Le Laboureur se désespéra. Il fut con-

ter fa peine à un Villageois de fes environs;
Mon ami, lui dit le Villageois, tant que tu
ne détruiras point le germe de ces herbes mal-
faifantes, qui nuifent à la fertilité de ton champ,
il fera toujours ftérile. Déracine - les tout-à-
fait, qu'il n'en refte plus aucune trace. Ra-
maffe-les en tas, laiffe - les fécher au foleil,
brûle-les enfuite : alors, de nuifibles qu'elles
étoient, elles deviendront le meilleur engrais
de ton domaine. Le Laboureur fit ce que lui
avoit dit fon voifin. Les mauvaifes herbes cef-
ferent de croître dans fon champ ; il devint
fertile, & lui rapporta une abondante moif-
fon ».

» Toi, mon fils, tu es le Laboureur ; le
champ eft la carriere de la vie, & les chardons font les revers que tu as effuyés. Tous
nos maux font imaginaires ; il n'y a que les
vices & le tumulte des paffions qui les rendent réels. Détruis donc jufqu'à la racine de
ces vices, qui font le germe de toutes nos in-
fortunes. Fais comme le Cultivateur, qui en-
graiffe fon champ avec les herbes mêmes qui
auparavant nuifoient à fa fécondité ; fais fervir
tes revers à te rendre plus modéré, plus fage
& plus ferme dans le fentier de la vertu. Bientôt les épines du malheur ne déchireront plus

tes pieds ; bientôt la pente de la vie deviendra douce & aifée pour toi , même en dépit du fort ».

» Comme toi ma premiere jeunesse a essuyé des chagrins ; comme toi je me suis emporté contre le destin & les hommes. Insensé ! j'attribuois à une puissance étrangere ce qui n'étoit que le fruit de mes égaremens. Le moindre choc m'étourdissoit , & m'entraînoit dans mille démarches , dont le résultat étoit toujours la douleur. Le découragement est le signal de la mauvaise fortune ; l'homme , qu'un revers a une fois abattu , court de lui-même au-devant de l'infortune ; il s'agite , se désespere , & ne connoît plus de ressource ; ou s'il a recours à quelques moyens , il se trompe toujours dans le choix , parce que son esprit , trop préoccupé , trop plein du sentiment de ses maux , ne lui permet pas d'aller à la source , ni de distinguer la route qui doit réellement le conduire à leur terme ».

» L'adversité , si on la recevoit de sang-froid , deviendroit elle-même le bouclier de l'adversité. Toujours la même terre qui produit le *thora* (1) , produit tout auprès l'antithora ;

____

(1) Plante très-venimeuse. On se servoit autrefois de son suc pour empoisonner les flèches à la chasse du loup, du renard , &c.

mais

mais l'on ne voit que le poifon, fans fongei au remede. Ainfi l'homme qu'a mordu une bête venimeufe, ne fongeant qu'à fuir le reptile dangereux qui l'a bleffé, s'en va, emporte le trépas dans fon fein, & laiffe à côté de lui l'heureux végétal qui pouvoit guérir fa bleffure ».

« O mon fils ! foyons bons, chériffons nos freres ; aimons notre Auteur, adorons fes décrets, & nous ferons heureux. La jouiffance du cœur difpenfe de celle des fens : & ce n'eft pas être malheureux que de fouffrir par le corps. Le mal moral eft le feul véritable, & l'on n'eft réellement à plaindre que lorfque l'ame gémit. Qu'importe au Navigateur que les vagues viennent fans ceffe battre fon vaiffeau, s'il n'a rien à craindre pour le tréfor qu'il renferme » ?

« La mauvaife fortune écrafe le méchant ; mais l'homme de bien fourit au milieu de fes maux. Celui-ci voit comme un bien ce que celui-là voit comme un mal ; ce qui arrache à l'un des blafphêmes, excite dans l'autre un doux fentiment de reconnoiffance ; il bénit le coup qui le frappe, & s'abaiffe fans être ébranlé fous la main éternelle qui tient la chaîne invifible des événemens ».

<table>
<tr><td>Part. I.</td><td>B</td></tr>
</table>

» Jeune homme , leve ton front abattu ; ta triſteſſe outrage ton Créateur. Jette un coup d'œil ſur ta vie , & reconnois la juſtice d'un Dieu bon. Tu deviens coupable. Il te punit ; il te rend malheureux, en mettant ton ame dans un état auſſi déplorable que ton corps ; il te porte des coups terribles, pour te les rendre plus inſupportables. Il permet que tu accuſes les hommes, & que toute la race humaine te devienne odieuſe. Voilà ton ame plongée tout-à-coup dans un vuide affreux ; elle ſe regarde, voit ſa miſere, frémit, & ſent qu'il lui faut un conſolateur. Ira-t-elle le cher‑ cher parmi les hommes? Non, puiſqu'elle les abhorre. Il n'eſt donc plus que le Ciel qu'elle puiſſe enviſager ; elle ſe tourne vers lui, le fixe, & s'y élance dans un tranſport ſoudain. Elle s'offre gémiſſante à ſon Créateur ; elle l'implore de bonne foi : elle eſt écoutée. Tout‑ à-coup elle reſpire, ſoulagée d'un poids acca‑ blant ; le calme ſuccede à ſon agitation ; elle gémit de ſa longue erreur de chercher la paix ou elle n'étoit pas, & ſes maux ſont finis».

» Voilà, mon fils, ton hiſtoire. Si tu n'a‑ vois pas encore ſongé à la bonté des Cieux, le moment étoit venu où tu allois y recourir. C'eſt ainſi que la ſuprême Sageſſe cherche lorfque nous penfons le moins à en fortir. C'eſt ainſi que non-feulement nous attribuons à nos femblables les maux dont nous fommes les propres artifans, mais que nous femblons encore en chercher exprès le terme où nous ne devons jamais le rencontrer ».

» Vis heureux maintenant, l'expérience t'y invite; ſi tes vœux te rappellent dans ta patrie, portes-y un cœur mûr & inacceſſible à la foibleſſe; fur-tout n'oublies jamais que de la paix feule de l'ame dépend le bonheur, & que cette heureufe paix ne fe trouve que dans l'amour du bien. Si tu veux vivre avec moi, la Nature t'offre ici une retraite paiſible & un domaine affez vafte pour récréer ta vue & contenter tes befoins ».

» Bientôt (car mes genoux chancelans m'annoncent que je vais ceffer d'être, mon fils) l'aride vieilleffe a courbé mon corps & flétri mes traits; bientôt tu fermeras ma paupiere, & tu recueilleras mon dernier foupir. Ne crains point d'être feul; le coupable fe flétrit dans la longueur de la retraite; mais le jufte fe familiarife fans peine avec la folitude; il y trouve une fource intariffable de plaifirs. O mon fils! à nous retirer de l'abattement du malheur,

tu fauras qu'il eft doux de mener une vie fo-
bre, tranquille & laborieufe, fous un toit riant
& folitaire, loin des folies des hommes, fans
autre compagnie que celle du Ciel & des oifeaux, & fans autres tréfors que ceux de la fimple Nature».

Florello fe plonge dans le fein du Vieillard.
— «O mon pere!....tu as fécondé un rocher
» aride ta main bienfaifante a déchiré le voile
» qui me cachoit le bonheur. Oui, je pafferai
» ma vie avec toi, & tu ne mourras point : le
» Ciel te confervera pour me foutenir dans la
» voie du Jufte». — «Je lui rends grace, mon
» cher fils, reprit le Solitaire, tu ne mourras
» point fans avoir vécu, puifque tu commences
» à fentir fa douce influence. Le premier pas
» dans le chemin du bonheur, eft la volonté
» de bien faire. Mais déjà la plaine n'eft plus
» humide de la rofée du matin ; déjà les fleurs
» penchent leurs têtes languiffantes: allons nous
» mettre à l'ombre.

Ils retournent à la cabane, & font un dé-
jeûner qu'apprêterent les mains de la frugalité.
C'étoit des figues d'inde, & des ananas (1),
que Kador avoit cueillies la veille. Que les pre-

––––––––––

(1) Fruits communs en Amérique.

mieres impreſſions du plaiſir ſont vives ! Florello avaloit le calme avec ces fruits frugals ;
ſon cœur ſe dilatoit , & la volupté pure s'inſi-
nuoit doucement dans ſon ſein comme une roſée
délicieuſe.

« O mon fils ! diſoit ſans ceſſe le Vieillard ,
heureux, cent fois heureux, celui qui aime
la vertu, qui chaque jour rend hommage à
la ſuprême Sageſſe , qui chaque jour exhale
d'un cœur pur de ferventes prieres, & les fait
entendre aux vallons, aux ruiſſeaux , aux
bois & aux montagnes ! Que l'homme chéri-
roit ſon exiſtence , s'il ſavoit apprécier les
bienfaits dont le Ciel le comble, & preſſentir
le bonheur des Cieux par le bonheur de la
vie ! Cependant, ô mon fils ! il ne faut pas
nous prévaloir de cette connoiſſance que le
Ciel nous donne, pour nous livrer trop à la
douceur de notre état. Songeons d'abord que
toutes nos jouiſſances ici-bas ſont précaires.
Nous n'avons point de propriété réelle, & il
faut poſſéder tout avec la certitude de tout
abandonner. D'ailleurs nous ne devons ni haïr
ni perdre de vue les hommes, quoique nous
paroiſſions les fuir. L'humanité eſt le plus beau
& le plus ſublime caractere de la vertu ; nous

devons nous pénétrer du délicieux fentiment
de la bienveillance ; nous devons plaindre nos
freres, donner fouvent des larmes à leur trifte
deftin, & implorer pour eux la bonté des
Cieux. Il n'eft que cette conduite qui puiffe
juftifier la vie de l'homme folitaire ; en s'éloi-
gnant du monde, c'eft leurs crimes, & non
fes pareils, qu'il doit fuir ; plus ils font cou-
pables, plus il doit les aimer. Mais celui qui
n'emporte dans la folitude qu'une mifanthropie
orgueilleufe & une dure infenfibilité pour le
genre humain, ou qui n'y eft entraîné que
par l'amour d'un lâche repos, ne mérite point
le nom de Sage ».

Ainfi le refpectable Kador, par de fimples
& vertueufes maximes, formoit à la fageffe le
cœur du jeune Florello. Son ame étoit un tréfor inépuifable de vertus ; c'étoit un foyer
où le feu facré de la raifon dominoit unique-
ment.

Dès qu'une légere obfcurité couvroit l'ho-
rifon, ils alloient s'affeoir fur les bords du
fleuve. Florello cueilloit le jonc, & le donnoit
au Vieillard, qui lui apprenoit à faire des
nattes & des corbeilles. Quand le foleil faifoit
fentir l'ardeur de fes feux brûlans, ils s'enfon-
çoient fous un bofquet d'orangers, où couloit un

petit ruisseau, dont l'onde sortoit en jaillissant d'un rocher d'émeraudes (1), & s'alloit perdre dans des grottes profondes, à l'extrémité du vallon. Là, plongés dans l'herbe humide, ils respiroient une douce fraîcheur. « Vois, disoit Kador à Florello, vois cette eau argentée, qui se roule si agréablement le long de ces deux rives. Si ce caillou, qui s'éleve au-dessus de sa surface, semble interrompre l'uniformité de son cours, ce n'est que pour mieux faire briller la pureté de ses ondes. C'est l'emblême de la vie fortunée du Sage ; les contre-tems qu'elle peut essuyer ne servent qu'à y jetter plus d'éclat ».

Le vieillard, consommé dans la sagesse, tiroit des comparaisons de tous les ouvrages de la Nature, pour rendre sa morale plus intéressante. « O mon fils ! disoit-il, tous les objets qui nous environnent sont autant de tableaux du cœur humain : sage conduite de la Divinité, qui voulut mettre sous les yeux de l'homme réfléchissant des images vivantes & multipliées de toutes ses passions, pour qu'il apprît, par ces comparaisons simples, à se con-

---

(1) On trouve des rochers d'émeraudes dans cette partie de l'Amérique.

noître & à se conduire dans la route épineuse
de la vie » !

Quelquefois il le menoit sur le penchant des
montagnes. Là, il lui enseignoit la marche &
l'harmonie de l'univers, le mécanisme des êtres,
le cours des astres, le combat des élémens &
le concours heureux qui en résultoit. Il lui
apprenoit les secrets les plus curieux de la Nature, la vertu des plantes & des minéraux. Il
lui développoit le système complet de la créa-
tion, & toutes ses leçons se rapportoient toujours au sage Auteur qui se faisoit sentir dans
toutes ces merveilles.

Quelquefois Florello cultivoit la terre du
petit enclos qui environnoit la cellule. Le Vieillard, assis sous le berceau de jasmin qui ta-
pissoit ses murs, contemploit le jeune homme
d'un œil aussi satisfait qu'un Sculpteur habile
qui jette les yeux sur un bloc informe, dont
il voit par degrés sortir une belle statue. Il regardoit le Ciel, laissant couler de douces larmes. « Que j'ai de graces à te rendre, ô mon
souverain Maître ! disoit-il d'une voix qui ex-
primoit sa vive sensibilité, tu ne te contentes
pas de répandre mille charmes sur ma vie, tu
te sers encore de moi pour ramener la joie
dans un cœur qu'avoit flétri l'infortune : tu

me donnès encore cette fatisfaction; que puis-
je faire pour reconnoître ton immenfe bonté !
Tu la répands avec profufion , mait tu n'exiges
de nous que de l'amour. Tu dis aux hommes :
*voilà mes bienfaits , jouiffez de toute leur abon-
dance : fi vous m'aimez , ils feront trop payés.* Quel
être peut fe refufer à une fi douce reconnoiffance » ? ...

Le Vieillard ramenoit fes regards fur Florello, & le confidéroit avec un nouveau plaifir ; il jouiffoit de fon bonheur , de fa vertu.
» Quelle gaieté aimable brille fur fon vifage,
difoit-il ! Il fent déjà tout le prix de l'innocence ; fa douce férénité éclate fur fes levres,
& refpire dans tous fes traits. Avec quelle ardeur fes mains foulevent la terre ! Il ne reffemble pas au Cultivateur malheureux , qui fuit péniblement le fillon qu'il trace , & qui l'arrofe de
fes fueurs, pour amaffer une fubftance amere,
& qu'il baigne de fes larmes ».

Que Florello étoit content dans cette folitude !
Il goûtoit enfin ce calme touchant qui accompagne l'oubli des malheurs. La jeuneffe fleurie fe re-
nouvelloit fur fon vifage. Que le réduit du Vieillard lui paroiffoit beau ! Que de jours fortunés !
Que de nuits délicieufes ! Quand, après s'être
endormi fous un figuier touffu , ce qui lui arri-

voit fouvent, il fe réveilloit dans les vives
palpitations d'un beau fonge, qui n'étoit point
fuivi d'une trifte vérité, il refpiroit la douce
émanation des fleurs, les vapeurs fraîches
& légeres qui diftilloient du firmament pour
défaltérer la terre. Il écoutoit le murmure
tendre & affoupiffant des nappes d'eau qui
tomboient doucement des collines, l'agréable
frémiffement des feuilles, qui fe jouent avec
les zéphirs, & le chant extraordinaire de quelques oifeaux, qui ferpentoient avec bruit fur
fa tête. Il confidéroit la lueur argentée de l'aftre des nuits, le fombre azur d'un Ciel femé
de brillantes étoiles; & fon ame, enivrée du
vif fentiment de fa félicité, reftoit comme
paffive fous l'impreffion de tant de merveilles.
O joie! difoit-il, depuis fi long-temps étrangere à mon cœur, que ton retour m'eft doux!
Tes rayons bienfaifans pénetrent enfin tout
mon être. Je refpire avec liberté, & mes yeux
ne verfent plus que des larmes de plaifir. Les
hommes ne me tromperont plus, car je ne
verrai plus les hommes : je n'ai plus befoin
d'eux. Parens cruels! vous avez cru me perdre, & vous m'avez fait le plus grand des
biens. C'eft à votre barbarie que je dois mon
bonheur; je vous dois ma chere folitude &

tous les plaisirs innocens que j'y vais goûter.

Quel étoit mon aveuglement, ajoutoit - il, de me confumer en defirs & en regrets fuper-flus, pour faire trouver à la paix le chemin de mon cœur. Infenfé ! je cherchois le calme fur une mer agitée ; j'étois comme un enfant féduit à la vue de l'écaille dorée d'un ferpent endormi au foleil; il fe précipite , croyant faifir un bijou précieux : mais le reptile preffé s'éveille, le bleffe, & le laiffe fanglant & furieux de fa méprife. Ainfi je cherchois le plaifir où je ne pouvois trouver que le défefpoir ; je courois après la confolation , & la confolation fuyoit loin de moi. Je périffois dans les fatigues d'un cruel chagrin ; je me répandois en injures contre le deftin & les hommes , & je finiffois par être plus à plaindre. Maudit foit le temps funefte où je n'ai pas connu les beaux jours ; où mes yeux, toujours fixés fur le fable, ne fe font jamais tournés vers le Ciel , où ma bouche a proféré des blafphêmes , & où mes pieds ont marché dans les fentiers du vice !

O vie trop fortunée, fi elle avoit été conftante ! Florello fe livroit trop à fon bonheur, quoique Kador lui répétât fans ceffe d'en jouir avec modération. « Mon fils, lui difoit-il, il ne faut pas que nos plaifirs nous affeđtent au point de ne s'occuper que d'eux ; ayons des goûts, & non des paffions. J'aime à voir cette grande ardeur dont tu parois enflammé pour la vertu : mais cette ardeur peut fe rallentir. Le fentiment du plaifir, quand il eft trop vif, s'émouffe & fait place à l'ennui. C'eft en nous-mêmes, & non dans les objets qui nous environnent, qu'il faut chercher la félicité. Nous en portons la fource en tous lieux ; c'eft en nous mêmes que fe trouve la fuprême jouiffance ».

» Quand je vins pour la premiere fois dans ce défert, ajouta Kador, j'y trouvai un vieux Pafteur qui l'habitoit, avec une fille qui lui étoit extrêmement chere. Je ne fus point fâché de fa rencontre : la fimplicité de fes mœurs me toucha. Je l'aimai, parce qu'il étoit doux & bienfaifant. Il écarta de ma jeuneffe les ennuis & le chagrin, & me fit trouver des douceurs dans la vie folitaire. Bientôt je le vis mourir avec fa fille : ils font enterrés tous les deux l'un à côté de l'autre, fous ces grands marronniers que tu vois là-bas. J'ai vu le temps détruire leur cabane ; il n'en refte plus aucun veftige ; l'endroit où elle fut n'eft aujourd'hui qu'un terrein plat, hériffé de ronces & de bruyeres. Que d'années depuis ce temps fe font amaffées fur ma tête !..... Que de changemens font arrivés fous mes yeux ! J'ai vu la mouffe croître, s'épaiffir fur le toit que je m'étois bâti, & les plus beaux arbres fe convertir en troncs morts & defféchés. J'ai vu plus d'une fois la foudre fillonner ces gazons verds, & creufer des gouffres fous mes pas. Je l'ai vue diffoudre, calciner & réduire en pouffiere de gros rocs qui touchoient la nue, & qui fembloient inébranlables. J'ai vu la froide vieilleffe blanchir mes cheveux, & j'ai fenti fes doigts péfans s'imprimer lentement fur mes joues, où brilloient autrefois les rofes du bel âge ».

« C'eft ainfi que la fucceffion des ans entraîne les révolutions. De même, mon fils, le cœur humain eft fujet à mille métamorphofes ; un bonheur continu fouvent le dégoûte, quand ce bonheur ne vient que des objets périffables. Attache-toi à la beauté qui ne périt point ; jouis des biens que t'offre la Nature, fans qu'ils jouiffent de toi : le dernier degré de la fageffe humaine eft de s'attendre à tout, de fe détacher de tout, & de jouir au milieu même de la privation. Songe donc moins à

l'attrait de ces bords; & refferre, s'il eft poffible, le bonheur autour de ton cœur ; n'oublies pas qu'il n'eft rien de ftable ici-bas, que
nous ne fommes que trop difpofés à être fé-
duits par les charmes d'un objet nouveau,
quoique dangereux, & que notre pauvre humanité eft toujours flottante entre la lumiere &
les ténebres ».

Ces fages paroles étoient comme une flamme
douce qui pénétroit dans les entrailles de Florello; elles reffembloient à une eau pure &
falutaire, qui fertilife tous les lieux où elle
paffe.

Cependant ils goûtoient déjà depuis long-
temps, & fans trouble, toutes les délices de
ce nouvel Eden. Le Vieillard centenaire ne
fortoit prefque plus de la cabane, à caufe de
fon grand âge ; Florello lui aidoit quelquefois
à marcher jufqu'à la fontaine qui fervoit à les
défaltérer. Là fe bornoit fa promenade ; là étoit
le fiege de fes plaifirs. Que ce Vieillard étoit
encore majeftueux, malgré le poids des ans,
quand, affis fur un banc de mouffe, fon vifage augufte étoit rafraîchi par le zéphyr, la
fublime dignité de la vertu étoit répandue fur
toute fa perfonne ; fon efprit ne fe fentoit point

de la débilité dc fon corps, & fa voix douce aimoit toujours à inſtruire Florello, qui ne ceſſoit de l'écouter avec plaiſir.

Enfin le temps eſt venu où il va payer le dernier tribut à la nature.

L'aimable courriere du foleil chaſſoit vers l'occident les ombres blanchiſſantes ; le bon Kador ouvre fa paupiere appeſantie par un ſommeil paiſible, & veut ſe lever ſuivant fa coutume (car, malgré ſon extrême vieilleſſe, l'aurore naiſſante entendoit tonjours fa priere du matin) ; un engourdiſſement s'empare de tous ſes membres, & ſes genoux refuſent de le porter. Alors il ſent l'épuiſement total de ſes forces, & voit que le flambeau de fa vie va s'éteindre. Il appelle le jeune homme par fon nom, & lui dit : « Mon fils, mon corps va reprendre fa premiere forme, & retourner à fon origine. Déjà mon ame s'éleve au-deſſus de la terre, qui s'abaiſſe fous mes pieds ; viens te réjouir avec moi, & recevoir les dernieres paroles de tòn ami mourant. Si je te devance de quelques jours dans la région des délices, tu ne dois pas t'en plaindre ; j'ai paſſé des an-nées longues & tranquilles ; j'ai rempli ma car-riere avec fruit, & je meurs content. Il n'eſt que la défiance & l'obſcurité de notre état futur qui puiſſent alarmer pour l'homme aux approches de ſon trépas : mais un bonheur éternel eſt le but de notre exiſtence, & la mort en eſt le ſublime accompliſſement. Si tu perds ſur la terre un ami mortel, je t'en laiſſe un dans les Cieux, qui eſt éternel. Il n'eſt qu'une vie coupable qui puiſſe te ravir les ſoins de ſa providence & les regards de ſa tendreſſe ».

Je te laiſſe mon petit héritage; continue de vivre comme tu as vécu depuis que tu l'habites avec moi ; cultive toujours l'innocence & la ſageſſe; fais-toi des images vives du bonheur, qui doit être la récompenſe du Sage. Ne profane point tes derniers momens par une crainte vulgaire, & le Ciel qui répand des graces ſans meſure ſur les bons, te conduira à ce terme auſſi heureuſement que j'y ſuis arrivé ».

» Quand je ne ſerai plus, tu creuſeras mon tombeau ſous le jeune peuplier qui eſt ſur cette rive du fleuve, où l'onde baigne mille roſeaux. Ce lieu m'a plu pendant ma vie ; j'y ai paſſé des momens délicieux ; c'eſt là que j'aimerois que mon corps repoſât...... J'attends ce dernier bienfait de ta tendreſſe...... Adieu..... bon jeune homme......Déjà la terre s'enfuit....

Tout

Tout ce beau vallon difparoît à ma vue......
Mon voyage eft fini....... Adieu, ne pleure.
point ma mort....mais chéris ma mémoire ....
Ne la perds point de vue, & toujours tu feras
vertueux ».

A ces mots, fon œil férieux & calme fe
ferme fans effort à la lumiere. Il paffe comme
un nuage léger qui fe diffipe infenfiblement fur
un ciel d'azur. Que le dernier fommeil du
jufte eft riant ! Florello confidere ce front vé-
nérable où brille encore la douce & majef-
tueufe empreinte de la paix. Il ne peut retenir
des foupirs qui s'échappent de fon cœur op-
preffé .... Il l'embraffe avec tendreffe—. « O
mon pere ! tu n'es donc plus ? . . . Tu me
laiffes donc ifolé dans cette folitude ? . . . Qui
fera déformais la lumiere de mes yeux ?....
Qui fera le foulagement de ma vie ? . . . ».

Son affliction alloit augmenter. Des larmes
couloient abondamment fur fes joues, mais
les dernieres paroles de Kador s'offrent à fa
penfée. Il s'arme de courage, effuie fes pleurs,
& fonge à exécuter les dernieres volontés du
vieillard.

Il charge fon corps fur fes épaules, & le
porte avec lenteur au lieu indiqué pour fa fépulture. Rendu fur les bords du fleuve, il dé-

poſe à côté de lui ſon auguſte fardeau, &
creuſe triſtement ſa foſſe. Il lui ſemble que le
ſoleil brille d'une lumiere moins vive, que les
oiſeaux ne font entendre qu'une harmonie lan-
guiſſante & négligée, que les ruiſſeaux roulent
des pleurs, enfin que toute la nature & tout
ce qui reſpire dans le déſert gémiſſent de la
perte de ſon bienfaiteur. Quand le tombeau eſt
fini, il y couche doucement le vieillard, puis
il s'arrête à le conſidérer. Il l'examine, le con-
temple encore, & ne peut ſe réſoudre à le
couvrir de terre. Il ſe ſent attiré vers lui; ſon
cœur eſt plein d'une triſteſſe douce & tendre,
& de nouvelles larmes lui échappent. « Heureux
Kador, dit-il, tu vois ma foibleſſe, mais tu
ne peux la condamner; tu fus mon pere, tu
répandis ſur moi l'amour de tes entrailles; je
te perds, puis-je ne pas verſer des pleurs »?
Cependant il jette de la pouſſiere ſur le ſaint
cadavre; déja il a couvert la moitié de ſon
front, il s'arrête encore tout-à-coup.— « Voilà
donc ton éternelle demeure . . . . . Je ne te
verrai plus . . . . Jamais je n'entendrai cette
bouche d'où ſortoit la ſageſſe . . . . . Le ciel
l'ordonne, mais je t'aimerai toujours . . . . . »

Enfin le corps du vieillard diſparoît
ſous le ſable. Florello acheve le monu-

ment & le couvre d'un verd gazon qu'il sur-
monte d'une pierre plate où il trace ces mots, *ci
git le plus vertueux des hommes*. Puis il s'approche
de la rive du fleuve & fait cette courte prière :
« Grand Dieu ! tu m'as tiré d'une mer d'ennuis,
tu m'as enlevé du sein du monde corrompu
pour me transporter dans une terre heureuse,
où j'ai trouvé l'oubli de mes inquiétudes sous
les aîles de la sagesse. Tu me laisses sans guide,
mais j'atteste les cendres précieuses que je viens
d'inhumer, que cette onde cessera son cours,
& que ma langue se desséchera dans ma bouche,
avant que je m'écarte des routes que m'a frayé
ton divin serviteur ».

Que fais-tu, présomptueux jeune homme ?
Ne crains-tu pas d'être parjure, Ignores-
tu que tu as un cœur foible, sensible, &
que le ciel punit la présomption par la chûte
subite de celui qui se croit le mieux affermi ?
Ah malheureux ! que ce serment te coûtera
cher !

Cependant malgré le trépas du vieillard, il
couloit encore d'heureux jours dans ce beau
désert ; sans cesse il venoit sur le tombeau renouveller ses sermens. Il adressoit des prieres
à l'ame de son bienfaiteur. Il lui demandoit
de la constance & une mort tranquille. Des

fleurs avoient crû à l'entour & deſſus le monument. Avec leur parfum , il reſpiroit je ne
ſais quoi de divin , qui le mettoit tout hors de
lui - même , & qui ſembloit l'aſſurer que ſon
bonheur ne finiroit qu'avec ſa vie.

FLORELLO,

HISTOIRE MÉRIDIONALE.

Sine funeribus caput hoc, sine honore sepulcri
Indeploratum barbara terra teget. OVID. Elég.

SECONDE PARTIE.

FLORELLO,

HISTOIRE MÉRIDIONALE.

N jour que Florello avoit franchi l'espace borné de sa solitude, & s'étoit enfoncé dans les terres plus avant que de coutume, il apperçut tout à coup un tigre furieux qui entraînoit un mouton d'une grandeur extraordinaire. L'animal déchiré nageoit dans son sang, & sembloit à peine suffire à la voracité du tigre. Florello l'examinoit avec surprise, quand un jeune homme de couleur cuivreuse, & nud jusqu'à la ceinture, frappe de nouveau ses regards. Il tenoit un arc à la main, & couroit avec une vîtesse extrême. Il s'arrête, lance deux fleches, se précipite sur l'animal qu'il a terrassé, l'étouffe sous ses genoux vigoureux, & disparoît après

C 4

l'avoir chargé comme un trophée fur fes épaules.

Florello jufqu'alors avoit cru ces lieux in-habités. Il voulut connoître ces hommes qui lui parurent extrordinaires, & une curiofité fatale le conduifit le lendemain à l'endroit où il avoit vu le fauvage. Après avoir marché long-temps, il entra dans un petit bois de citronniers, coupé par un fentier battu, qui aboutiffoit à une plaine femée de fleurs odoran-tes, & où paiffoient des troupeaux épars dans l'éloignement.

Il promenoit çà & là fes regards furpris, quand au pied d'un arbre ifolé la plus belle des mortelles s'offrit à fa vue. C'étoit une de ces beautés fimples, négligées, qui ne doivent rien à l'art, & qui doivent tout à la Nature. Sur fon front brilloit l'éclat d'une floriffante jeu-neffe. Sa peau étoit un peu brunie par le foleil, mais fes traits étoient raviffans (1). Couchée nonchalamment fur l'herbe, fa tête étoit ap-puyée fur fon bras. De longs cheveux cou-

____

(1) On fait que les Américaines ne font pas toutes de couleur olivâtre, & que plufieurs d'entr'elles ne le cedent point en blancheur à nos plus belles Françoifes.

vroient ſes épaules , & tomboient confuſément
ſur la terre. Une taille majeſtueuſe , & qui étoit
comme la tige de l'arbuſte naiſſant , de grands
ſourcils noirs hardiment deſſinés , de grands yeux
bleus comme l'azur des cieux & à-demi cachés
ſous deux longues paupieres , un air de candeur , l'expreſſion ingénue de l'innocence , tel
étoit à - peu - près le portrait de cette belle
fille.

Florello , dont le cœur étoit encore neuf
pour l'amour , ſentit bientôt l'effet de cette
ſympathie douce & forte qui attire deux êtres
l'un vers l'autre ; un tumulte inconnu ſe gliſſe
dans ſes veines. Il avance , & va pour s'appro-
cher de la jeune ſauvage ; mais effrayée à ſa
vue , elle prend la fuite.

Il tombe ſoudain dans un profond abattement,
& regagne à regret ſon déſert , le cœur atteint
d'une bleſſure incurable. Il commence à ſentir
qu'il eſt ſeul ; la plénitude de ſon cœur ſe conver-
tit en un vuide affreux. Il gémit , il ſe plaint ;
l'héritage de ſon bienfaiteur , qu'il regardoit
deux jours auparavant comme le coin le plus
délicieux du globe , n'a plus pour lui d'attraits.

« Coulerai-je donc ſeul , dit - il , le reſte de
mes jours ? Les oiſeaux vivent enſemble ; les
reptiles , les bêtes féroces même vivent en-

femble. L'homme feroit-il le feul qui fût né pour fuir fon femblable ? N'eft-il pas fait pour vivre avec lui , pour le confoler des amertumes de la vie , & pour l'aider dans fes befoins ? Que fert la vertu au milieu d'un défert, fi l'attrayant pouvoir de l'exemple n'invite perfonne à l'aimer ? Quelqu'amour que j'aie pour elle , ne ferai-je pas toujours comme un arbre chargé d'excellens fruits fur la pointe d'une roche inacceffible ? Cher objet qui trouble mon ame , fans doute le ciel bienfaifant t'a amené fur ces bords pour me faire fentir l'ennui de la folitude ! Ne me fuis pas, viens combler tout l'amour que je fens déjà pour toi ; viens partager mon petit domaine, & habiter avec moi ma cabane ; nous irons enfemble fous les épais feuillages chercher un abri contre la chaleur du jour ; ma tête repofera doucement fur tes genoux , & tes tendres baifers feront mon bonheur. Couple fortuné , nous parcourerons ces rians côteaux ; nos pieds fouleront enfemble l'herbe naiffante & les gazons fleuris. Toujours nos bras feront entrelacés, toujours le fouris de l'amour précédera les accens qui fortiront de ta bouche. Mon cœur fera attendri , & dans un doux épanchement, ma langue exprimera mille actions de graces au Maître de l'Univers ».

« Quand le murmure de l'onde nous invi-
tera à nous affeoir au déclin du jour fur la
rive du fleuve, j'irai cueillir des fruits dont
le jus délicieux portera la fraîcheur dans tes
fens échauffés par nos brûlans tranfports. Une
volupté pure récompenfera ma peine ; j'ou-
blierai l'univers dans tes bras carreffans, &
je goûterai des plaifirs inconnus à l'Univers ».

Ainfi le malheureux Florello laiffe aller fon
cœur au preftige de la féduction ; une voix fecrete
lui crie de vaincre ce nouveau penchant, des
preffentimens confus l'agitent, il fe rappelle les
leçons du vieux Solitaire ; il fait des efforts
pour triompher de lui-même, mais fes efforts
font vains ; la paix & le fommeil l'abandonnent ; fa cabane refte déferte, il n'y entre plus,
il paffe la nuit où il fe trouve, au pied d'un
arbre, fous un rocher, &, quelquefois fans
abri au bord d'un ruiffeau. Enfin, dit-il après
trois jours de combat, « je reverrai celle que
mon cœur aime, je la reverrai ou je cefferai
de vivre ». Il dit & marche vers le féjour de la
belle Sauvage.

Bientôt il découvre les nombreux troupeaux
qui font fous fa garde ; préfage heureux pour
fon amour ! Ses yeux inquiets parcourent avi-

dement la plaine; l'objet qu'il cherche le fixe tout-à-coup.

Eurimale (ainfi s'appelloit cette belle fille) s'offre à fa vue, plus féduifante que jamais; elle étoit endormie fous une arcade de rochers revêtus de divers arbriffeaux. Floréllo n'eft plus maître de fon ardeur, il vole, il eft à fes pieds; puis il s'arrête & refte immobile ; fes yeux errent avec enchantement fur les divers attraits qui lui font offerts: de grands yeux mouillés de pleurs, un beau fein arrondi par l'amour, qu'abaiffe & fouleve tour-à-tour l'agitation d'un fonge funefte, quelles amorces volup-tueufes pour le cœur trop fenfible du foible jeune homme ! « La douleur, dit-il, fait donc auffi fentir fes traits déchirans à l'innocente beauté des lointains rivages ? Ciel protecteur de l'innocence, peux-tu fouffrir que le chef-d'œuvre de ta bonté fente les pointes aigues du chagrin, & foit fouillé par des pleurs » ?

Cependant les fanglots d'Eurimale redoublent, fes foupirs fe preffent & s'échappent avec plus de précipitation; fes beaux bras s'allongent & annoncent fon réveil; elle ouvre les yeux, jette un cri d'un air effrayé, & va pour s'enfuir.

Florello s'élance, faifit une de fes mains, & toutes les facultés de fon ame vont fe réunir fous ce toucher délicieux ; « arrête, s'écrie-t-il, arrête ; fi ton beau corps ne recele pas une ame féroce, ne crains rien du plus tendre, du plus foumis des hommes ; vois tout ce qu'il fent pour toi, vois la violence de fon amour, & fois attendrie.

Eurimale refte interdite à ces douces paroles, & ne fait plus d'efforts pour s'éloigner ; elle baiffe les yeux, puis les porte fur Florello avec une tendre complaifance, mais elle ne répond point. Il lui parle encore, elle lui parle à fon tour, & ils ne s'entendent pas.

Une affliction mutuelle fe peint fur leurs vifages ; ils fe regardent en filence, puis tout-à-coup elle lui fait figne de fuir, & le rappelle dès qu'il va pour s'éloigner ; il revient, elle court vers le bas de la plaine, il la fuit ; elle le preffe de nouveau d'abandonner ces lieux, mais il refte & ne l'entend plus ; elle s'irrite, tourne le doigt du côté de l'Orient & porte une fleche fur fon cœur, pour lui fignifier qu'on le tuera s'il ne prend pas la fuite ; il croit qu'elle veut lui donner la mort, il tombe à genoux & attend qu'elle frappe.

Cette fille ingénue, ne fachant que faire ni

comment s'exprimer , joint les mains devant lui d'une maniere suppliante, ses yeux charmans roulent dans les pleurs, & elle se jette aussi à genoux. « Malheureux , dit-elle dans son langage , tu-veux donc mourir ! tu ne sais pas que mon pere te hait plus que les serpens de la montagne : tu ne sais pas qu'il immole tous tes freres depuis qu'un d'entre eux ensanglanta sous ses yeux les délices de sa vie. Sa vengeance a sacrifié autant de victimes que cet arboisier porte de feuilles, & elle n'est pas encore satisfaite ».

Florello pleuroit, ne pouvant savoir ce qu'elle vouloit dire ; cependant elle parvint à lui faire comprendre le danger qu'il couroit auprès d'elle ; il s'éloigna, jettant sans cesse en arriere des regards longs & douloureux. De retour à son habitation, il songe à son aventure , & de tristes pensées roulent dans son esprit. Les traits de la jeune Sauvage sont profondément gravés dans son cœur : la flamme qui le consume devient plus active, & détruit tout-à-fait son repos; il gémit de ne pouvoir se faire entendre, & de voir tant d'obstacles à l'acomplissement du bonheur qu'il se promet. Couché à l'ombre d'un palmier , il porte autour de lui des regards pleins d'une tristesse pasfionnée, & les ramene fur lui-même, défefpéré de n'avoir point apperçu l'unique objet qui occupe toute fon ame.

Les flambeaux de la nuit brilloient au firmament; il ne peut plus refter en un lieu qui ne lui offre point fon amante; un attrait impérieux l'entraîne, & il s'achemine, malgré les ténebres, vers le féjour qu'elle habite; bientôt il arrive fous les rochers où il l'a trouvée endormie. « C'eft ici, dit-il, que repofait fa belle tête; voilà le gazon qu'elle a mouillé de fes pleurs; que ce lieu m'eft cher! mais je n'y vois point celle que jaime ».

Vingt fois il veut s'avancer jufqu'à l'habitation des Sauvages, vingt fois il eft arrêté par la crainte de perdre celle que fon cœur adore; il fe promene fous les arbres qui entourent la plaine, & paffe toute la nuit dans une trifte incertitude, & livré à la plus vive impatience.

Déja les pleurs de l'aurore humectoient le fommet des hauts peupliers; les ombres fe diffipoient, il fe laiffe tomber fur l'herbe, & le fommeil verfe dans fes fens fon heureufe langueur; mais il n'a pas plutôt fermé fes paupieres appéfanties, qu'il fe fent pouffer avec violence; il ouvre les yeux & voit fon amante, qui, d'un air alarmé, lui faifoit les mêmes fignes

que la veille; fa voix étoit plaintive, fon gefte
attendriffant; fans y fonger il fuit fon premier tranfport, & la ferre dans fes bras avec
toute la fureur de la paffion. Elle le regarde, le repouffe pleine de dépit, & s'éloigne en
pleurant.

Florello étoit tombé par terre, noyé dans
un torrent de larmes; il voit fon amante qui
fuit, il n'ofe ni ne peut la fuivre; fes joues
pâliffent, fes yeux s'éteignent, & un froid mortel s'empare de tout fon corps. Cependant
Eurimale qui fuyoit à regret, s'arrête tout-à-
coup, & détourne la tête : à la vue de Florello
renverfé fans mouvement fur l'herbe humide,
& dans la plus douloureufe attitude, elle le
croit expirant; elle s'accufe de barbarie; pleine de ces fentimens que la nature feule infpire
& ne craint point d'exprimer, elle accourt
éplorée, prend une de fes mains, & imprime
fur fes levres un baifer tout de feu.

C'eft alors que l'extrême délire de la paffion
s'empare du malheureux Florello; il fe connoît à peine; fes genoux tremblent, fes yeux
étincellent; des foupirs brûlans, entrecoupés,
s'échappent de fon fein, & le plaifir ébranle
toutes fes fibres; il prend Eurimale, il la preffe,
il la tient palpitante fur fon cœur embrafé, &

femble

femble vouloir dévorer fes appas. Un frémiffement délicieux parcourt fes veines, &
fes regards errent & meurent : le courroux
veut animer ceux de fon amante, un doux
nuage vient les obfcurcir ; fa poitrine s'enfle
d'une tendre volupté, elle fe laiffe ferrer dans
les bras du jeune homme, & bientôt lui rend
avec tranfport tous les baifers dont il l'accable
avec furéur ; elle s'abandonne toute à lui ; fou-
dain leur exiftence fe confond, l'ivreffe du
plaifir les rend immobiles; ils tombent dans un
doux anéantiffement (1).

Revenu de cette extafe profonde & voluptueufe, Florello pourfuivoit les reftes d'une
volupté évanouie; aux tranfport impétueux de

____

(1) Plufieurs feront furpris d'une défaite auffi prompte;
mais le moyen de réfifter dans une Ifle déferte aux premiers mouvemens de l'amour? D'ailleurs la fimple Eurimale ne connoiffoit pas les refus d'une fauffe pudeur ;
elle ignoroit que l'amour eft devenu un art, qu'on doit faire
valoir fes faveurs, & défefpérer un Amant pendant des mois
entiers ; avant de céder à un defir qu'on brûloit de fatis-
faire dès la premiere attaque. Les Libertins diront que
les femmes qni ont ces efpeces de cruautés font aujour-
d'hui des êtres chimériques, qui ne fubfiftent plus que dans
le cerveau des Philofophes, & peut-être les Libertins au-
roht raifon.

Part. II.   D

la paffion fuccede une ivreffe douce ; qui remplit toute la capacité de fon ame. La jeune Sauvage, les yeux humides de plaifir, l'embraffe avec tendreffe. Ses beaux bras fe paffent languiffamment autour de fon cou, elle l'embraffe encore, & fa bouche amoureufe ne lui a jamais affez imprimé de baifers. Elle ne fonge plus à fon pere. « Bel Européen, lui dit-elle, tu es pour moi un rayon de l'aurore, tu es l'exiftence de ma vie, je t'aime plus que le Soleil ; mais hélas! nous ne pouvons vivre enfemble ». Il l'écoutoit fans l'entendre, & lui parloit à fon tour; « ô quelles délices viennent d'inonder mon ame! ô ma bien aimée! tu ne m'as pas rejeté de tes bras, tu as fouri à mon amour: voilà le fuprême bonheur ». Il difoit ces mots, mais venant à fonger qu'il n'étoit point entendu, il foupiroit triftement & ceffoit de parler.

Cependant Eurimale recommençoit fes fignes empreffés, & fupplioit fon amant de regagner fon défert. Il ne comprend plus ce que fignifient fes geftes, ou plutôt il n'y fait aucune attention ; plein d'un feul fentiment, il ne fonge qu'à contempler l'époufe de fon cœur, & à s'enivrer de la vue de fes charmes.

Voyant fon obftination, elle imagine un

moyen de fervir fon amour, & de le dérober aux regards de fon pere. Elle le prend par la main, & le mene par de longs détours à une grotte creufée fous une éminence, entre deux mangliers courbés l'un vers l'autre. Là, elle paroît plus tranquille; elle lui donne des fruits, & ils reftent jufqu'au foir à fe prodiguer mille careffes. Elle lui fit comprendre que chaque jour il pouvoit venir en ce lieu, & qu'ils s'y verroient fans crainte.

Dès que le foleil finiffoit fon cours, Florello retournoit à fon habitation, & chaque matin il devançoit l'aurore pour revenir à la grotte, où l'attendoit fon Amante. Long-temps ils fe virent ainfi; long-temps ils furent heureux, fans que rien troublât leur félicité.

Florello s'étoit appliqué à connoître ce que fignifioient toutes les expreffions d'Eurimale, qui, de fon côté, tâchoit de les lui faire comprendre. Des leçons données par l'amour pouvoient-elles être infructueufes? Il n'eft point de maître auffi habile que celui-là. Le jeune homme fut bientôt la langue des Sauvages. Quelle fut leur joie, quand ils purent lire dans le cœur l'un de l'autre, fe peindre leurs tranfports, & fe dire combien ils s'aimoient! « Ton

» langage, difoit - il, ô ma bien aimée ! fera
» déformais le mien. Je n'en connois, je n'en
» veux point d'autre. Ma bouche ne s'ouvrira
» plus qu'aux impulfions de l'amour, & ne
» formera de fons que pour répondre à l'a-
» mour.

Eurimale lui répondoit avec cette tendre
ingénuité qui captivoit fur - tout fon cœur.
Elle lui contoit comme des hommes armés &
venus d'un autre monde avoient fondu fur
l'habitation des Sauvages; comme ils avoient
enlevé leurs troupeaux, pillé & maffacré tout;
& comme fa mere Nadine avoit perdu la vie
dans ce combat, en voulant fauver fon époux.
Elle lui contoit la haine que fon pere avoit
depuis ce temps pour tous les Européens, & la
façon cruelle dont il exerçoit envers eux fa
vengeance. La triftefle commençoit fon récit,
& des pleurs le finiffoient. Puis elle difoit :
» hélas ! nous n'habiterons jamais fous le mê-
» me toit; nous n'irons jamais enfemble gar-
» der les moutons, nous baigner dans les on-
» des du ruiffeau, & cueillir les fleurs de la
» plaine. Si mon pere venoit à te voir un jour à
» mes côtés, tu mourrois, & moi...je mourrois
» auffi ...

Un matin Florello, revenant de fon habitation, trouva fon Amante à l'entrée de la grotte, les bras étendus, le fein fuffoqué de fanglots, & la tête renverfée fur une couche de fleurs qu'elle arrofoit de fes larmes. — « O » mon pere, difoit-elle fans regarder Flo- »rello, mon pere ! tu veux ma mort... Que » t'ai-je fait pour que tu ne m'aimes plus?.... » Que n'ai-je été comme la rofe qui fe flétrit, » & meurt en naiffant !.... Que n'ai-je paffé » comme l'éclair qui brille & s'évanouit dans » les nuages !.... Mon pere !.... je ne te hais » pas........ mais je hais le jour que tu m'as » donné ». Puis levant fur fon Amant, qui déjà la tenoit embraffée, fes yeux, d'où cou- loient deux ruiffeaux de larmes : « C'eft toi, » dit-elle, toi qui tiens à mon cœur par les » liens les plus doux, pourquoi viens-tu en- » tendre mon dernier foupir?.......... Nous » ne viendrons plus dans la grotte nous livrer » au bonheur d'être enfemble.... Mon pere eft, » cruel; il m'arrache à toi, il veut que je fois » l'époufe d'un autre...

» Moi, te perdre, reprend vivement Flo- rello ! il faudra qu'on m'ôte la vie, ou qu'on charge mon corps de robuftes liens avant que tu me fois enlevée. Ton pere a-t-il donc un cœur fi dur qu'on ne puiffe l'amollir? Eft-ce

une bête inapprivoifable ? Le bronze envi-
fonne - t - il fes entrailles ? Crois- moi, s'il eft
homme, je faurai le toucher ; je lui ferai voir
que tous ceux que tu nommes mes freres ne
fe reffemblent pas. Je déploierai à fes yeux
l'innocence de ma vie, la candeur de mon
âme ; je lui dirai que tes feuls attraits m'ont
arrété dans cette plaine, & toute ma tendreffe pour toi ; je ne lui cacherai rien ; je
lui parlerai avec confiance, il fera fléchi, & il
nous unira ».

« Efpere, reprit - elle, d'arracher les rochers de la montagne; mais défefpere d'arracher de mon pere le confentement de notre
union. Il a juré par le Dieu du tonnerre qu'a-
près que douze fois la nuit auroit porté les
ténebres fur le mont Kaaba, le foleil, (hélas !
puiffe-t-il ne jamais me prêter fes rayons !)
éclaireroit mon hymen avec Orabski, le féroce Orabski, pour le récompenfer d'avoir bien
fervi fa vengeance envers tes freres. Mon cœur
le hait, parce qu'il n'aime que le carnage; il
ne fourit que lorfqu'il voit fes mains teintes
de fang. J'ai vu le barbare traitement qu'il
exerça un jour fur un Européen : mon cœur
fut déchiré à cet affreux fpectacle. Mon pere
lui-même en frémit, & cependant à ce jour il

me commande de paſſer dans ſes bras. Depuis cet ordre cruel , je ſuis venue près de la grotte, où mes pleurs, plus abondans que la roſée du ſoir , ne ceſſent de mouiller ces herbes fleuries…. Ah malheureux ! s'écrie-t-elle tout-à-coup, mon pere nous a vus , il vient , tu vas mourir…»

Un Vieillard robuſte ſuivoit rapidement le ſentier qui conduiſoit à la grotte. La rage étoit dans ſes yeux, la mort s'agitoit dans ſes mains; il tenoit une énorme maſſue.

—» Grand Epomanon (1) ! ſi je me ſuis proſterné devant ta puiſſance , ſi j'ai baiſé la pouſſiere dans la caverne d'Ormou (2) chaque fois que tu as ſecondé ma haine , permets que je faſſe encore ce ſacrifice aux cendres de ma chere Nadine , en attendant que je goûte avec elle les délices du mont Palaman (3) ».

---

(1) Nom que les Sauvages de cette partie de l'Amérique donnent à la Divinité qu'ils adorent.

(2) Les Sauvages ont des antres qui leur ſervent de temple, & dans leſquels ils vont rendre hommage à leur Dieu.

(3) Ils placent leur Paradis ſur le ſommet d'une montagne délicieuſe. Il ne faut pas s'étonner des paroles du vieux Sauvage, car preſque tous les Peuples de l'Améri-

Ainsi parloit le vieux Sauvage, en s'avan-
çant vers Florello, Il alloit l'affommer; la belle
Eurimale s'élance dans fes bras. — » O mon
pere ! pourquoi la mort eft-elle dans tes regards ? Pourquoi ton vifage eft-il comme le
Ciel, quand il eft fombre & nébuleux ? Après
tant de fang que tu as répandu, ta vengeance
n'eft donc pas affouvie ? Je te conjure, par ta
main redoutable, par tout ce qu'il y a de
plus facré dans la caverne d'Ormou, ne frappe
pas cet homme d'un monde étranger. Il eft
bon , il t'aime, il n'a d'odieux qu'une reffem-
blance funefte avec ceux que tu haïs ».

» Tu peux me donner la mort, dit Florello
avec fermeté , interrompant Eurimale ; je l'ai
cherchée plus d'une fois , & je ne la crains
point : mais je te jure que mon cœur n'a jamais rien tramé contre toi, ni tes pareils.
Quoique je fois né parmi ces hommes que tu dé-
teftes, ce fut pour les fuir que je paffai dans ces
lointains climats. J'y trouvai le bonheur près
d'un mortel vertueux, qui demeuroit feul fur
ces bords. Le Ciel a voulu récompenfer fa
vertu ; il m'a ôté mon ami , & m'a laiffé feul

---

que , qui vivent indépendans , font une vertu de la vengeance.

à mon tour. J'ai reçu ce coup avec courage, parce qu'il m'avoit appris à faire les facrifices. Enfin je vivois en paix dans fa petite habitation, voifine de ces lieux, quand le hazard m'a fait rencontrer ta généreufe fille. Je n'ai pu me défendre de l'aimer; j'ai fait ferment de ne vivre que pour elle. Si ton cœur n'eft pas dénaturé, tu me diras : j'approuve ta flamme, elle eft pure ; vis pour faire le bonheur de ma fille. Si tu t'y oppofes, fi tu conferves ta fureur contre un innocent, qui ne te voulut jamais de mal, tu as raifon de chercher mon trépas. Je ne défends point ma vie, mon cœur s'avance au-devant de tes coups ; frappe, tu ne peux me rendre un plus grand fervice ».

Une tendre compaffion avoit fuccédé à la rage qui éclatoit auparavant dans les yeux du féroce Thoal (1) [c'eft le nom du vieux Sauvage]. Etonné de ce difcours ferme & fier,

––––––––––––––––––––––

(1) Ce paffage rapide de la haine à la compaffion paroîtra peut-être peu naturel ; mais les Sauvages de l'Amérique font naturellement bons & crédules ; il s réfléchiffent peu, & font prompts à prendre un parti. S'ils font cruels envers les Européens, ce n'eft que parce qu'ils jugent de tous les Peuples d'occident par les horribles cruautés qu'ils ont vu commettre aux Efpagnols.

prononcé dans ſon langage : « Chrétien, dit-
» il, ta voix trouve le chemin de mon cœur ;
» tu me déſarmes, parce que tu ſais m'atta-
» quer. Mais je ne puis te donner ma fille ; elle
» doit être l'épouſe d'Orabski. Je l'ai juré, &
» le grand Epomanon a entendu mon ſerment.
» Néanmoins, viens ſous ma tente ; viens de-
» meurer avec moi ; tu garderas mes troupeaux,
» tu me ſuivras dans mes courſes ; tu ſeras
» content, & je t'aimerai toujours ».

Ils n'oſerent répliquer l'un & l'autre ; charmé
de ces diſpoſitions heureuſes de Thoal, Florello l'accompagne ſous ſa tente. Eurimale
étonnée le ſuit d'un pas timide. Sa paſſion eſt
toujours la même, mais ſon cœur n'eſt point
rempli, ſes deſirs ne ſont point comblés. Le
Vieillard fait mille careſſes au jeune homme,
& l'invite à ſe réjouir. Plein de cette franchiſe,
que la Nature ſeule inſpire, il lui diſoit : « il
faut que tu aies bien de la bonté d'ame pour
avoir fléchi mon cœur, endurci dans le meurtre de tes pareils. Depuis le jour qu'un barbare parti d'habitans d'Europe ſe répandit dans
cette terre, & qu'un d'eux tomba impitoya-
blement ſur mon innocente Nadine, j'étois
devenu comme un tigre en furie : tout le ſang
des Européens eût été répandu ſous mes yeux,

ma vengeance n'eût pas été fatisfaite, fi un feul avoit échappé. Pour toi, je renonce à ma haine, J'épargnerai dans la fuite tous ceux qui paroîtront fur ces bords. Cependant, chere Nadine, pourfuivoit le Vieillard qui pleuroit avec abondance, fi ton ombre quittoit les délicieux côteaux du mont Palaman, pour venir pendant les ténebres me reprocher ma lâche complaifance, je jure (entends mon ferment du fein des délices, où eft plongée ton ame bienheureufe); je jure de reprendre toute ma rage, & de la conferver jufqu'à ce que mon bras, flétri par l'extrême poids des ans, ne foit devenu femblable au rameau defféché que le moindre choc réduit en poufliere ».

Il y avoit déjà quelques jours que Florello étoit fous les tentes du Vieillard ; l'inftant qui devoit lui enlever fon Amante approchoit. Le jour, ce jour funefte qui devoit éclairer fa fatale union avec Orabski, alloit bientôt luire. Ils ne fe parloient point ; ils n'ofoient s'exprimer que par des regards ; tous les deux gémiffoient dans le filence ; tous les deux étoient contriftés. Ils fe joignent enfin. Thoal les furprend pleurant à l'écart dans un bois d'oliviers. La jeune Sauvage fe jette à fes genoux. » O mon pere, lui dit-elle, tu fais que fi le grand

Epomanon nous ordonne d'être bons , il nous défend aussi de nous allier avec les méchans. Orabski est féroce , & n'aime qu'à dévorer son semblable. Tu sais que toute la Tribu l'abhorre , parce que son bras est toujours levé sur celui qui condamne ses actions. D'ailleurs il ne vit point parmi nous ; il est toujours dans les forêts avec les tigres, auxquels il ne cesse de faire la guerre. Il craint de se montrer , parce que son cœur est impur. Crois-tu que le grand Dieu du tonnerre approuve que tu me livres à lui ? Non , mon pere , il t'ordonne de retirer ton serment. N'écoute donc pas ta fille pour son malheur ; elle te bénira tous les jours de sa vie. Tu m'aimes, je le sais , plus que toutes les fleches de ton carquois ; rends-moi heureuse ; donne-moi l'époux que mon cœur a choisi, si tu ne veux pas que j'aille pleurer davantage sous les mangliers, si tu veux que je trouve encore du plaisir à garder nos troupeaux , à cueillir les fleurs de la plaine , & à faire le festin à l'ombre du vieux mapou ».

Le Vieillard étoit tremblant , tant la pitié l'agitoit. Il les regarde tous les deux en silence , puis il s'écrie : « O mes enfans ! embrassez votre pere : je vous donne l'un à l'autre. Qu'un jour pur luife dans vos cœurs: & que vos vifages foient toujours fereins comme l'azur des Cieux! Puiffe la fin de votre vie être femblable à une belle foirée de printemps! Puiffiez-vous n'être jamais féparés, & aller enfemble dans la région des délices! car, mes enfans .....l'on ne vit plus, quand on eft féparé de ce qu'on aime. Depuis que j'ai perdu ma chere Nadine (continuoit le Vieillard, dont les yeux étoient rouges des pleurs qu'il verfoit), je ne connois plus les beaux jours... Depuis quinze ans, je vois fans plaifir fe renouveller les fleurs de ce bocage ... Ma vieilleffe eft affreufe ... ... Cependant tâchez de la confoler ... ... Grand Epomanon, tu vois ce que je viens de faire ; fi je fuis parjure , ce n'eft que par ton ordre ; une pitié fubite s'eft emparée de mon cœur: toi feul peux me l'avoir fuggérée ».

Les deux Amans, animés par tout ce que la paffion a de plus vif, plongés dans un torrent de joie, fe précipitent dans les bras l'un de l'autre, & fe tiennent étroitement unis. Tout ce que l'amour a de plus tendre dans fes careffes, de plus naïf dans fes expreffions, fignala leurs tranfports.

Florello, parfaitement heureux, remercie

mille fois Thoal , & embraſſe mille fois ſes genoux. «— Allons, mes enfans , leur dit-il , » allons nous proſterner dans la caverne d'Or-» mou , & cimenter votre félicité dans la joie » d'un feſtin.

Cependant le jeune Sauvage vint demander au pere d'Eurimale l'accompliſſement de ſa pro-meſſe. « Orabski , lui dit le Vieillard , le Dieu » du tonnerre ne veut pas que je te donne ma » fille ; conſole-toi , tu trouveras une autre » épouſe dans la Tribu.

A ces mots le farouche Orabski pouſſe un gémiſſement ſourd & terrible ; ſon viſage ſe noircit de fureur, & ſes yeux deviennent ſem-blables à deux météores enflammés. Il diſpa-roît ſans répondre ; mais ſon cœur médite une vengeance cruelle.

Florello propoſe alors au Vieillard de le mener avec ſa fille voir ſon ancien ſéjour. Thoal y conſent , & ils s'y rendent tous les trois vers le milieu de la journée. « Voilà, leur » diſoit-il, la terre que j'ai cultivée ; voilà le » lieu où repoſent les cendres de mon bienfai-» teur. Voici le boſquet où nous allions pren-» dre le frais , & où j'écoutois les leçons de ſa-» geſſe & de vertu qu'il me donnoit dans l'ef-» fuſion d'un ſimple & doux entretien. Voilà

» où il se promenoit seul, enseveli dans ses gra-
» ves méditations. C'est auprès de ce grouppe
» de roses qu'il aimoit à se reposer ». En rap-
pellant ces circonstances, son cœur étoit ému,
& des larmes couloient de ses yeux. Thoal
admire cette riante demeure ; mais comme les
chaleurs étoient excessives, il entre dans la
vieille cabane, l'ouvrage du bon Kador, pour
se mettre à l'ombre. Un tapis de mousse l'invite
au repos ; il se couche dessus, & se laisse aller
au sommeil.

Les vents ne souffloient point ; l'encens de
la volupté parfumoit les airs ; le ciel sans nuage
ressembloit à la surface paisible d'un beau lac;
les oiseaux muets, & la tête enfoncée dans
leurs plumes, se tenoient sous les feuillages,
que berçoit mollement & sans bruit un léger
zéphyr ; le bourdonnement de quelques insec-
tes aîlés interrompoit seul le calme profond de
cette solitude ; l'air changé en fluide brûlant
inspiroit une voluptueuse langueur.

Nos deux amans laissent dormir le Vieillard, & s'enfoncent dans l'ombre des plus épais
bosquets. Eurimale presse la main du jeune
homme, & lui jette les regards les plus pas-
sionnés. L'éclat de ses yeux est plus brillant
pour elle que celui des astres. Elle se baisse de

temps en temps pour cueillir des violettes &
des lis ; elle en fait des guirlandes , dont elle
pare les cheveux de celui qu'elle aime. Elle
lui fourit amoureufement , & lui dit en s'avan-
çant fous ces voûtes fleuries : —— « comment
» poùvois-tu faire pour être ici feul fans cou-
» ler tes jours dans la trifteffe ? — Je ne t'avois
» pas vue, reprenoit Florello; il falloit t'avoir
» vue pour connoître le bonheur. Auparavant
« je me croyois fatisfait , & ma joie n'étoit
» qu'une joie ftérile. Tu as détruit mon illufion;
» c'étoit dans ton fein que m'attendoit le fuprême
» contentement.

Comme il finiffoit ces mots , un berceau
riant , où l'oranger & le myrthe étoient entrelacés, les enveloppe de fon ombre épaiffe;
tous deux fe jettent dans les bras l'un de l'autre , & tombent languiffamment fur l'émail
des fleurs dont la terre eft couverte ; leurs
ames ravies nagent dans de nouveaux plaifirs ,
& bientôt la Nature entiere eft oubliée au milieu de leurs careffes,

Florello ramene fon Amante à la cabane,
où les attendoit le Vieillard , fous le berceau
de jafmin dont elle étoit ombragée. Il la laiffe
auprès de fon pere , & va chercher des fruits
pour leur apprêter un repas champêtre. Il

s'éloigne

s'éloigne dans la vallée : il cueille des dattes,
des oranges & des figues. Bientôt il se hâte de
reprendre le chemin de la cabane, dans l'espoir
de bien régaler ses hôtes. Dieux ! quel retour !
Ses premiers regards en arrivant tombent sur
Thoal, renversé dans son sang à l'entrée de
la chaumiere, roulant des yeux éteints , &
ouvrant une bouche que le trépas s'efforce de
fermer, pour articuler ce peu de mots.

» Pleures, mon fils, pleures ... mais ven-
» ges-nous .... Tu vois l'ouvrage du méchant
» Orabski. J'étois sur cette pierre à côté de
» ma fille, quand le traître m'a surpris, & a
» frappé ma tête de deux coups mortels ; il
» m'a dit : *tiens, parjure vieillard, voilà ce que*
» *mon cœur réservoit à ta mauvaise foi.* Puis sai-
» sissant ma fille , qui s'est précipitée toute en
» pleurs sur mon corps sanglant, il a disparu
» avec elle , malgré ses cris & son désespoir ...
» Prends mon arc & mes fleches, vole sur ses
» traces, & arrache-lui le cœur ..... Pour moi
» je vais rejoindre ma chere Nadine : la nuit
» du trépas m'environne .... Les herbes les
» plus salutaires des montagnes ne pourroient
» me guérir ...... Mon fils .... venges-nous....
» C'est mon dernier vœu ...... Il tourne alors
ses regards vers les Cieux, « O soleil, dit - il

avec un profond soupir , qui fut le dernier de
sa vie ! » O soleil ! je t'ai vu pour la derniere
» fois ...

Qui pourroit jamais peindre les passions
cruelles & tumultueuses qui déchirerent en ce
moment l'ame du malheureux Florello ? Nouvel Atys , il parcourt la vallée comme un
désespéré ; il traverse le fleuve à la nage , gravit
la montagne , & se roule dans les précipices.
Il jette de pitoyables accens , que l'écho porte
au loin dans toute la contrée. » Rochers , monts
» escarpés , s'écrie-t-il , rendez-moi mon
» Amante ; ruisseaux , rendez-la-moi ; collines ,
» rendez-la-moi ». Mais les collines se taisent ,
les ruisseaux ne lui répondent point. Ses cris
superflus se perdent dans le vague des airs. Son
cœur bondit furieusement dans son sein. « Eu-
» rimale , dit-il , entends donc mes plaintes ;
» entends ton Amant qui t'appelle ; entends
» les cris de son désespoir. Où es-tu ? Où
» est ton féroce ravisseur ? Qu'il me tarde de
» l'immoler à ma rage , de m'abreuver de son
» sang , de le déchirer , de le mettre en pie-
» ces !

De même qu'un malade attaqué d'une fievre
maligne , s'arrache soudain tout couvert d'é-
cume de son lit de douleur , tombe furieux

fur fes furveillans effrayés, & fe mutile cruel-
lement contre tout ce qu'il rencontre; ainfi
Florello, les cheveux épars, le corps frémif-
fant, la bouche haletante & noircie par la fureur, erre pendant plufieurs jours comme un
vrai frénétique. Tantôt il tombe, pleure &
fe tait : tantôt il court, frappant tout ce qui
s'offre à fon paffage. Ses coups tombent fur
les plantes, fur la terre, & quelquefois fur lui-
même. A peine fonge-t-il à prendre de la nour-
riture. S'il prend quelques fruits, il les dévore
avec une rage féroce.

La nuit avoit étendu fes voiles fur l'univers :
le Ciel, auparavant ferein, fe charge de nuées
épaiffes; un orage impétueux retentit dans la
la profondeur des Cieux, & un déluge de grêle
& de pluie vient rafraîchir le défert.

Florello étoit fur les bords du fleuve; la
lueur d'un éclair fillonnant la nue, lui fait
diftinguer des Sauvages fur la rive oppofée.
Il jette un cri; une voix répond à ce cri par
un autre plus perçant; c'eft la voix d'Eurimale. Cet accent va droit à fon cœur; fe précipiter dans le fleuve, le traverfer, atteindre
le rivage, ne font pour lui qu'un inftant.
Déjà il montoit fur le bord; Orabski, qui
l'avoit entendu, s'approche, & dès qu'il l'ap-

perçoit dans l'obscurité, il fait rouler sur lui un énorme caillou. Florello retombe mourant dans l'onde blanchissante, & son sang rougit les eaux du fleuve. Un tourbillon écumeux l'enveloppe ; il enfonce, revient sur sa surface agitée, & une vague le porte sur le sable, où il reste à sec & inanimé. Peu-à-peu il reprend ses esprits ; le caillou n'avoit atteint que son bras, & l'avoit plus étourdi que blessé. Ses paupieres s'ouvrent au milieu des ténebres, & sa tête s'incline douloureusement sur son sein. Il veut se lever, mais ses forces ne secondent point ses efforts. Son corps étoit à-demi enfoncé dans le sable. « O Eurimale !
» dit-il, ma chere Eurimale ! c'est donc en vain
» que j'ai entendu ta voix..............Je ne puis
» plus te chercher ....Des liens enchaînent
» mes pas. C'est ici qu'il faut mourir ; c'est ici
» que la terre m'ouvre un tombeau.......Il va
» m'engloutir, il tient déjà la moitié de sa
» proie........O Eurimale ! tu seras la victime
» d'un barbare ! je n'étoufferai point le mons-
» tre qui te poursuit !.........Tu ne seras pas
» vengée !

A ces mots sa foiblesse disparoît, toute sa fureur se réveille ; il s'arrache enfin de ce lieu funeste, s'élance de nouveau dans le fleuve, &

nage avec effort au travers de ses flots ; toujours battus par les vents. Il gravit péniblement l'autre rive ; il parcourt toute cette plage inconnue : Eurimale n'y étoit plus. Il s'arrête, il écoute ; mais il n'entend que le bruit de la chûte immense des eaux, & les roulemens interrompus des tonnerres, tantôt proches, tantôt éloignés. Il continue d'errer dans cette nouvelle solitude. L'épaisseur des ténebres, les détours périlleux de ces bois sauvages, qu'il n'a point encore parcourus ; les hauts peupliers, mugissans sur les monts sourcilleux ; le fracas des torrens, grossis par l'orage ; le Ciel vomissant des foudres ; la vûe d'un horizon immense tout en feu, rien ne l'arrête ; il court au hazard dans cette obscurité vaste & profonde, cherchant en vain son Amante sur les rocs, au fond des bois, dans les cavernes & dans les repaires des monstres.

Les rayons de la neuvieme aurore éclairoient les montagnes, depuis qu'il frappoit de ses cris funebres tous les échos du désert. La pluie avoit cessé, mais le Ciel étoit encore sombre. Les arbres présentoient des cimes noires & lugubres, & l'astre du jour, voilé dans des nues épaisses, tardoit à faire paroître sa face lumineuse ; toute la Nature étoit plon-

gée dans un calme affligeant, & s'offroit aux
regards dans une majesté sévere & terrible :
Florello, guidé par les furies, revient sur ses
pas, en pouffant des cris qui reffembloient plutôt à des hurlemens qu'à des fons humains.
Un jeune Sauvage étoit affis sur les bords du
fentier par où fe portoient fes pas, & veil-
loit à la garde d'un troupeau, qui paiffoit à
quelques pas de lui. Florello l'apperçoit ; fon
efprit étoit aliéné ; il ne connoiffoit plus rien ;
égaré, hors de lui-même, il le prend pour le
Raviffeur d'Eurimale. Tous les ferpens de la
vengeance fe difputent & déchirent à la fois
fon cœur ; il fe jette fur ce jeune malheureux
effrayé, qui embraffe fes genoux, & lui demande la vie avec des fons plaintifs & atten-
driffans. La douce voix de l'humanité ne frappe
plus fon oreille, il eft altéré de meurtres &
d'attentats. Plus féroce qu'une panthere achar-
née à fa proie, il le terraffe & le mutile contre le tronc des arbres & contre les rochers ;
il le déchire, le perce de mille coups, le foule
aux pieds, & le traîne la face fur le fable, où
il le laiffe, fouillé de fang & de pouffiere, &
fans aucune forme humaine. Cependant une
lueur de raifon fuccede à cet orage de penfées
farouches qui vient de bouleverfer fes fens. Il

s'approche du malheureux , étendu sans vie,
& dont les chairs chaudes & pantelantes exha-
loient encore une épaisse fumée ; il l'agite, le
considere , & reconnoît bientôt à des signes
certains que ce jeune Sauvage n'étoit point
Orabski. Un vif ébranlement se fait sentir à
son ame. Il est étonné de son crime : mais son
cœur est devenu inaccessible au remords. Il
repasse les eaux du fleuve, & ses pas errans
le ramenent à son ancien séjour. Il va pour
entrer dans sa cabane. Le cadavre défiguré du
vieux Thoal s'offre à sa vue ; déjà la corrup-
tion y avoit imprimé ses traits effrayans: il ré-
pandoit au loin une odeur infecte. Florello,
recule à ce spectacle ; un frémissement d'épou-
vante & d'horreur parcourt & glace tous ses
sens. « O malheureux vieillard ! s'écrie-t-il,
voilà donc ton corps étendu sans sépulture,
& tu n'es pas vengé !...... C'est donc là mon
image ! Que suis-je ! Quelle espece d'être est
la mienne !.....Mes yeux ne voient que d'affreux tableaux. Le désespoir brise mon cœur;
je me suis souillé d'un meurtre. Eurimale m'est
ravie.....Je ne la verrai plus......Que me
reste-t-il ? La mort.....la mort......Tout en
disant ces mots, il s'éloigne, en s'arrachant les
cheveux, & en se meurtrissant la poitrine. Il

déchire les membres ; son sang ruisselle, &
trempe la terre. Voilà où mène l'oubli de la
vertu.

Il ne songe plus à l'incertitude de l'avenir ;
ses yeux étincelans d'un feu sombre & con-
centré, mesurent vaguement toute la contrée ;
toutes ses pensées sont barbares ; une espece de
vipere infernale se roule dans son sein, & lui
arrache des accens d'une rage meurtriere : il
va achever de se détruire. Déjà il tient une
fleche homicide ; déjà elle menace son cœur ;
l'aspect du tombeau de Kador arrête tout-à-
coup son bras, & porte dans son ame un
trouble inconnu. Le Vieillard est devant lui ;
il voit ses cheveux blancs ; sa tête majestueuse ;
il entend sa voix douce lui reprocher son crime. *Cruel ! pourquoi offenses-tu le Ciel ? Pourquoi
déchires-tu mes entrailles ? Tant d'horreurs ont-
elles pu souiller & détruire ainsi l'heureux ouvrage de ma tendresse !* Ces paroles retentissent
à son oreille ; un religieux frisson le saisit puis-
samment, & le repentir comme un éclair soudain frappe son ame ; ses yeux tombent sur
l'inscription qu'il a placée lui-même au-dessus
du monument, *ci gît le plus vertueux des hommes.*
Là, ses remords éclatent. « La vertu est-elle
où je suis ? s'écrie-t-il, Puis il se jette sur la

tombe de fon Bienfaiteur ; il l'embraffe, l'arrofe de fes larmes, & refte plongé dans un long anéantiffement.

Revenu de cet étrange excès d'affliction, il porte autour de lui des regards funeftes. « Le coupable, dit-il, a donc fuccédé à l'homme jufte. L'afyle du bonheur eft devenu un féjour horrible : & c'eft moi qui ai fait cette affreufe métamorphofe ! Quand le bon Kador habitoit ces lieux, on n'y refpiroit que le calme & l'innocence. Cette heureufe paix eft détruite ; l'haleine impure de mes crimes fouffle maintenant feule fur ces bords. Maudite fenfibilité ! voilà ton ouvrage ; toi feule m'as jetté dans cet abyme inouï de forfaits & de maux.

Qu'avois-je fait au Ciel pour qu'il enchaînât fur mon cœur ce vautour qui le force d'être coupable, même en le déchirant ? O Kador ! c'étoit donc là que devoit me conduire ce bonheur que tu m'avois montré, que je goûtois fans trouble & avec tant de délices ! Le Nautonnier malheureux n'eft-il arraché aux horreurs du naufrage, que pour périr plus miférablement fur une terre ftérile & déferte ?.... Mais ma félicité n'eût point eu de terme, fi je n'avois point forti des bornes de cette folitude, fi j'avois refté fidele la vertu. Eh !

pouvois - je révoquer les arrêts du Deftin ?
pouvois-je réfifter aux attraits d'Eurimale ?...
Toi qui repofes maintenant au fein de l'éternelle Sageffe , heureux vieillard ! abaiffe tes
yeux fur ma mifere , & prends pitié de mon
état. Tu vois l'Etre fuprême , tu lui es cher ,
parce que ta confcience fut toujours pure
& ta vie fans tache. Conjure-le, de me rendre
ma vertu , & de me donner la mort,.... Une
voix touchante femble parler à mon cœur &
m'inviter à fuir : elle me preffe d'abandonner
cette terre cruelle & fouillée de mes crimes....
Oui, je fuirai ces lieux, qui ne feroient que
nourrir ma foibleffe & prolonger mon défefpoir. J'irai gémir & mourir dans quelque retraite ignorée de la Nature entiere.

Adieu, dit - il , foible monument de ma
reconnoiffance; adieu, tombeau que j'arrofe de
mes pleurs ; s'il eft encore quelque chofe qui
m'attache à ce funefte climat , ce font les reftes
précieux que tu renfermes. »

Il fe leve , & plonge triftement fes regards
dans les eaux du fleuve. « Adieu , dit-il , belle
riviere d'Orenoque ; je ne te verrai plus fuivre
ton cours tranquille le long de cette vallée
délicieufe. Je ne viendrai plus fur tes bords
refpirer la fraîcheur de tes ondes , & comparer
la pureté de mon cœur à la pureté de tes flots.

Adieu, ô aimable grotte, où le sommeil paisible venoit quelquefois me délasser des fatigues du jour. Et toi, cabane solitaire, touchant asyle de l'homme de paix, tu ne seras plus ma retraite; & vous, collines revêtues d'arbrisseaux, & vous, vertes peloufes, qui me retracez partout l'image d'un vieillard respectable, où mes oreilles attentives ont si souvent entendu ses sages instructions, je vous quitte pour jamais ».

En finissant ces mots, il s'éloigne, tournant sans cesse des yeux chargés de pleurs sur ce séjour qu'il abandonne, & qu'il a tant aimé. L'image d'Eurimale est devant lui; il voit ses longs cheveux, ses regards languissans, sa taille majestueuse. Le sacrifice est trop grand, pour pouvoir si-tôt en détacher son ame. Il songe encore au sort de cette malheureuse fille qu'il abandonne à la brutalité d'un odieux ravisseur. Il se fait des reproches, mêlés de regrets amers; il sent renaître de vives étincelles de sa flamme, qui n'est point encore tout-à-fait amortie. Enfin il appelle à haute voix son Amante, & dans un moment il retourneroit sur ses pas, pour retomber avec plus de fureur que jamais dans son premier délire.

Cependant revenant à lui comme d'un assoupissement profond, il sent une force nouvelle circuler dans tout son être, a vertu triomphe,

& il s'éloigne sans retour. Il s'engage dans des routes inconnues; à son affreux désespoir a succedé une triste amertume, qui le conduira jusqu'à son tombeau. Il s'enfonce dans les terres les plus incultes & les plus inhabitées du désert. Il y avoit déjà trois jours qu'il marchoit sans savoir où le conduisoient ses pas. Des arbres chevelus & antiques lui présentent tout-à-coup leurs cimes ondoyantes dans un grouppe noir & majestueux... « C'est là, dit-il, que le Ciel » me demande ; c'est sous ces ombrages lugu- »bres que je vais m'ensevelir dans une nuit » douce & éternelle ; le soleil a éclairé mes cri- » mes , il n'éclairera pas mon repentir.

Déjà il marche dans les avenues tortueuses de la forêt; un frémissement accompagne tous ses pas. Tantôt ses pleurs coulent , tantôt il garde un triste & morne silence. Ses yeux s'attachent sur un gros sycomore , à qui les années avoient fait prendre de profondes racines , & qui couvroit un vaste espace de l'immense étendue de ses épais rameaux. « Voilà ma demeure & » mon tombeau, dit-il; c'est-là que le Chasseur » égaré trouvera un jour ma cendre ; c'est dans » ce tronc creux, dont une vieille mousse en- »vironne l'écorce , que je vais expier mes » crimes dans des ruisseaux de larmes ensanglan-

» tées.... Il fert de retraite aux lions & aux rep-
» tiles ; il fera auffi déformais la mienne. Ce
» dôme eft impénétrable aux rayons du foleil;
» un foible jour perce à peine fon épaiffeur....
» Oh ! que j'aime mon dernier afyle ! Que cette
» nuit profonde a de charmes pour mon ame !
» Que la lumiere s'éteigne ! Que tout ne foit pour
» moi que ténebres ! Je n'aime plus que les objets
» qui répondent à la fombre trifteffe qui en-
» toure mon cœur.

Florello fe conftruit une petite chaumiere,
qui communique au creux de l'arbre, & qui
reffemble moins à la demeure d'un homme qu'à
la taniere d'un léopard. Une roche & quelques
feuillages conftituent tout fon meuble dans ce
déplorable réduit.

» Enfin, dit-il, fixé pour jamais dans ce
» cher afyle, je n'y verrai plus d'hommes ; je
» ne ferai plus expofé à la vue des objets dan-
» gereux qui pourroient détruire mon repos,
» & attaquer ma vertu. Amour ! phofphore
» trompeur, dont le faux éclat m'a féduit, c'eft
» toi qui caufes toutes les fcenes douloureufes
» que l'on voit dans le drame de la vie; c'eft
» toi qui m'as rendu barbare ; tu éblouis les
» mortels; tu les engages, fans qu'ils s'en ap-
» perçoivent, dans des routes de fleurs, où ils

» trouvent un poifon plus mortel que celui du
» bafilic. Malheureufe victime de ton enchan-
» tement, j'avois fuccombé ; j'allois me per-
» dre fans efpoir de retour ; ma vertu a ex-
» halé fon dernier fon. Je l'ai entendu ; il a
» frappé mon cœur comme un trait rapide. Le
» voile eft tombé, & j'ai découvert toute l'hor-
» reur de ma vie. Chimeres, illufions du plai-
» fir, vous avez perdu tous vos droits fur
» mon ame ! Vous n'êtes plus à mes yeux que
» des fantômes vains & fans réalité ! Que de
» beaux jours volés à l'innocence ! Pardonne-
» moi, ô Etre clément & bon ! pardonne-
» moi ; je vais les pleurer fans ceffe dans cette
» antique folitude : ma derniere larme accom-
» pagnera mon dernier foupir.

C'eft de ce moment qu'il a perdu de vue
la Nature entiere. Livré à toute l'activité du
remords, il fe plonge tout-à-fait dans l'abyme
de fa douleur. Il fe rappelle fans ceffe la vertu
de Kador, & fa barbarie envers le jeune Sauvage. Malgré l'amertume de fon repentir, le
fouvenir d'Eurimale lui arrache toujours des
regrets. La fageffe, en réglant les paffions,
n'éteint pas le fentiment ; il fe rappelle l'innocence de cette fille ingénue, ce fourire qui ré-
pandoit la férénité, cette candeur que la feinte

ni les foupçons n'altérerent jamais. Ces penfées & celle du trépas occupent toute fon ame; il fe nourrit de terre & de végétaux amers ; il dort fur une roche qu'ont creufé fes genoux fupplians. Il fort peu ; & quand il entend quelque bruit, il fe hâte de s'enfoncer dans la profondeur de fon antre, dans la crainte de rencontrer quelque figure humaine. Des feuillages, des écorces tiffues enfemble forment fes vêtemens; une barbe longue, épaiffe, hériffe & défigure fon vifage : on le prendroit moins pour un homme que pour une bête fauve.

Son corps ne tarde pas à fe fentir d'une auffi étrange auftérité. Il fe courbe, fe deffeche, & bientôt tous fes refforts vont fe détendre. L'organe de fa voix n'exhale qu'une articulation rauque & fourde ; fa douleur ne s'annonce plus que par de foibles fanglots, qui d'intervalle en intervalle, fortent avec peine du fond de fa poitrine. Les pleurs cherchent en vain un paffage entre fes paupieres fermées. Ses deftinées font remplies ; il le voit, & fonge à faire fon dernier gîte.

Il travaille à fe creufer une fépulture. Vingt fois fes forces l'abandonnent ; vingt fois fon vifage défaillant embraffe malgré lui la terre que fes mains ont foulevée avec des peines inconcevables. Enfin au bout de huit jours l'ouvrage eſt fini ; avec lui va finir Florello. » Mon ſort, dit-il, maintenant ne doit plus » être ignoré des hommes, s'il en eſt quelques- » uns dans cette antique ſolitude ». Il ſe traîne péniblement près d'un jeune arbuſte qui ſert d'appui à ſa ſombre demeure, & ſa main déjà tremblante & glacée, trace ces mots ſur ſon écorce : *Ici ſont les reſtes du malheureux Florello ; il naquit ſous un aſtre de fer ; il eut une ame ſenſible, vit le bonheur comme une ombre, & mourut de regret d'avoir abandonné la vertu. O vous qui paſſez dans ces déſerts, donnez une larme à ſa mémoire, & achevez d'inhumer ſon corps !*

Après avoir écrit ces paroles, il veut, mais en vain, retourner mourir dans le tombeau qu'il s'eſt creuſé lui-même. Ses jambes ne peuvent ſe ſoutenir ſous ſes genoux débiles ; ſa tête ſe penche, & reſte collée ſur ſon ſein ; ſes yeux obſcurcis ſe fixent vers la terre, & tous ſes organes accablés ſe refuſent aux fonctions de la vie.

Cependant les approches du trépas répandent une douce paix dans ſon ame. Il recueille le reſte de ſes forces, & fait un dernier effort. Il ſe ſouleve lui - même, & s'appuie contre

l'arbuſte

l'arbuste : » ton courroux est appaisé, dit-il,
» ô mon Dieu ! puisque mon cœur se ferme
» enfin à l'affliction. Sans doute c'est l'avant-
» coureur de l'heureuse quiétude qui m'attend
» dans ton sein. Tu as voulu que la fleur de ma
» jeunesse fût flétrie dès en naissant, que le
» court espace que j'ai parcouru sur cette terre
» fût arrosé de mes larmes. Tu es tout-puis-
» sant ; je m'anéantis devant tes décrets. Tu
» m'abandonnes enfin au calme du tombeau.
» Adieu, monde ingrat. Adieu, séjour de dé-
» solation. Mon ame entrevoit l'aurore du bon-
» heur céleste.... ».

Il reste encore quelque temps dans cet état
de souffrance & de langueur. Au travers du
nuage épais qui l'environne, il croit entrevoir
une figure humaine ; il s'entend appeller à
plusieurs reprises. Bientôt il se sent pressé dans
des bras caressans ; il sent son visage couvert
de larmes & de baisers. On diroit que les pleurs
de l'amour soient un baume vivifiant, qui ra-
nime & enchaîne les ames prêtes à s'échapper de leur prison d'argile.

Les forces de Florello semblent renaître ; une
chaleur pénétrante coule dans ses veines, comme une pluie délicieuse qui s'infinue doucement dans une terre seche & aride. Il souleve

fes paupieres........Déjà fon cœur le lui avoit
dit ; c'étoit l'Amante la plus vraie, la plus ingénue ; c'étoit la tendre Eurimale, mourante
dans fes fanglots. « Ma vie, mon bien, mon
unique bien, dit-elle dans l'étouffement de
fa douleur, en quel état te revois-je ? Le voile
du trépas eft étendu fur ton front... Ta bouche eft froide & immobile fous la mienne ...
Mon Amant ! Réponds moi ? .... C'eft ta bien-
aimée qui te preffe fur fon fein, qui t'a cher-
ché par-tout, & qui te retrouve ; c'eft celle
qui te chériffoit comme fon pere, qui t'a
donné fa foi, & qui fut heureufe de ton fourire ; c'eft elle qui vit le Ciel fe couvrir d'azur,
& les palmiers s'embellir de ta préfence.......
Ne la vois-tu pas ? Ne fens-tu point fon cœur
qui palpite fur le tien ? .... Tu es infenfible !..
O Dieux ! tu ne réponds plus à mes careffes !... ».

» C'eft toi, fille infortunée, reprit Florello
avec un long foupir ; pourquoi viens-tu em-
poifonner mes derniers inftans par le regret
de mourir après t'avoir vue ? Un fommeil éternel va fermer mes yeux, qui ne s'ouvroient
plus pour toi... La mort eft dans ce cœur où
tu régnois ; il va ceffer de palpiter. — Je n'ai
donc échappé à la violence d'un Barbare ; je n'ai

fuivi les veſtiges de tes pas, que pour t'entendre exhaler ton dernier ſouffle. Si tu deſcends
dans le tombeau , nous y deſcendrons enſemble.... Les nuages du ſoir vont couvrir l'ho-
riſon.... Le jour va s'éteindre...... Avec lui
s'éteindra ma vie. — Chere Eurimale , écoute
les dernieres paroles de celui qui t'aima toujours ; elles ſeront employées à t'inſtruire. Ma
carriere eſt finie. Je ſuis à cette heure où le
bandeau des illuſions tombe, où l'ame s'ouvre
à la vérité. Le malheur eſt de s'attacher à des
objets qui périſſent. Il n'eſt rien ſous les Cieux
qui ne ſoit ſoumis à l'empire du temps ; il
renverſe & moiſſonne tout. Nous fûmes tous
les deux victimes du preſtige & de la ſéduc-
tion. Cette félicité , dont nous nous enivrâmes
autrefois, fut l'enfant d'un délire paſſager. Le
Ciel la déſavoua, puiſque nous la vîmes s'évanouir comme un ſonge...., Je ne dois pas t'en
dire davantage, ton ingénuité te ſauve des
atteintes du remords. Puiſſes - tu la conſerver
long-temps ! Puiſſes-tu reſter toujours dans ces
heureuſes ténebres, qui te ſauvent du céleſte
courroux, lors même que tu ſuis un culte
qu'il rejette. Cependant n'oublies pas que le
monde & cette ſolitude que tu habitois, ne
ſont point ta véritable patrie ; nous ne ſom-

mes ici-bas, que des étrangers qui devons conferver l'efprit de retour vers notre afyle primitif. Nous paffons auffi vîte qu'un tour- billon de pouffiere que le vent éleve & fait difparoître fur le fommet des monts. N'ou- blies pas qu'il eft un Arbitre de nos deftins; c'eft lui qui ôte & difpenfe le bonheur à fon gré... S'il nous arrache l'un à l'autre; fi par mon trépas nous perdons ces délicieux épan- chemens, cette ivreffe, ces jouiffances de deux cœurs qui s'idolâtroient, aie la force de me furvivre. Garde-toi bien d'attenter à tes jours, tes jours qui me font précieux, & que tu dois refpecter. Dieu feul en doit marquer le terme... Vois-tu cette tombe qu'ont creufé mes dé- biles mains? ... Aie le courage d'y repofer tes regards. C'eft là que fe détruit l'enchantement de l'amour, qu'aboutiffent toutes les joies, toutes les grandeurs humaines.... C'eft là que je vais dépofer ce corps corruptible que tu preffas fi fouvent fur ton fein, qui fut plus d'une fois embrafé de tes feux..... Bientôt il ne fera plus qu'une froide pouffiere; il fervira d'aliment à une foule d'infectes qui le dévore- ront..... Que cette image ne t'effraie point; elle deviendra la tienne. Attaches-y ta penfée, attaches-y toute ton ame; c'eft un bonheur de fe familiarifer avec le trépas . . . . Seche tes pleurs ; ne fuis jamais d'autre impulfion que celle de l'innocence ; leve toujours des regards fereins vers les Cieux , un jour les bons auront tous la même demeure ».

Eurimale étoit dans le filence ; l'abondance de fes fanglots l'empêchoit de parler. Florello eut encore la force de lui apprendre toute fon aventure depuis qu'il l'avoit perdue , fes vaines recherches , fon affreux défefpoir , le meurtre du jeune Sauvage, fon repentir , fes regrets , fa fuite ; il lui raconta tout. « Voilà , ajouta - t - il d'une voix mourante , voilà où mene la tyrannie des paffions. Quand le cœur s'ouvre à leur violence, il s'ouvre aux ennuis de la vie , aux impreffions du vice & aux dé- chiremens du remords. Chere Eurimale , ne prends point ma conftance pour de l'infenfibi- lité ; jamais tu ne me fus fi chere qu'à cette heure. Des liens facrés devoient nous unir , & ce n'eft pas fans regret que je détache mon exiftence de la tienne , mais la raifon m'arme contre la douleur. Mon amour pour toi n'eft plus cette fougue impétueufe , produite autre- fois par la chaleur de mon fang ; c'eft une affection douce , une tendreffe pure & indé- pendante de mes organes . . . . . Je voudrois

vivre encore pour t'inftruire, pour porter dans ton ame le flambeau de la vérité ... Mais le Ciel ne le permet pas.... Je fens augmenter ma foibleffe .... Ma voix eft bien affoiblie ....
Elle eft prefque éteinte ..... Confole-toi, ma bien aimée, confole-toi....Je laiffe un fardeau qui pefe à bien des êtres. Je fors d'une mer agitée......Je fuis fur le rivage ... Nous nous y verrons, ô ma douce amie!....Nous nous y verrons ... Viens ... Reçois mes adieux dans ce dernier embraffement ....

Eurimale l'accable de careffes, cherche à le réchauffer fur fon cœur, veut par mille bai-fers rappeller le fentiment fur cette bouche qui ne s'ouvre plus au fouffle du plaifir. Tous fes foins ne fervent qu'à précipiter la fin de fa pénible carriere. Il pouffe quelques gémiffe-mens ; il lutte encore contre la mort, qui ne tarde pas à vaincre fa victime. Son corps échappe des mains de fon Amante, qui n'a plus la force de le foutenir, & fe renverfe doucement fur la terre : Florello eft ex-piré...

Ainfi tombe la feuille d'automne ; après avoir été long-temps agitée par les vents, qui font gémir les vieux troncs, elle fe flétrit, fe déta-che d'elle-même de fa branche deffechée, & fe diffipe bientôt en pouffiere fous les pieds du Voyageur.

Il faudroit d'autres pinceaux que les miens pour peindre l'état affreux de cette Amante fi tendre & fi infortunée. Après avoir fait éclater tout ce qu'une pareille fituation a d'attendriffant, après avoir paffé tour-à-tour de l'affoupiffement des douleurs à l'agitation du plus vif défefpoir; après avoir épuifé fes baifers, fes fanglots & fes larmes fur un corps livide & fans mouvement, elle fe couche à côté de Florello. « Voici, dit - elle, où j'attendrai le foir & le matin dans les pleurs.. .... Amis des morts, je refterai là jufqu'à ce que vous veniez m'enfevelir à côté de mon Amant ..... Toi, qui fus l'exiftence de ma vie, tu ne favois pas à quel point je t'aimois ..... Compte fur mes regrets ; je veux que mes yeux deviennent comme la fource qui fort du mont Kaaba. Je veux que mes larmes foient auffi abondantes que les ondes du ruiffeau qui ferpente fous les mangliers, & qu'elles ne ceffent de couler qu'à l'inftant où le grand Epomanon me dira, *va rejoindre celui qui t'eft cher...*

Comme elle finit ces mots, des voix fe font entendre. Elle n'en eft point émue. Rempli d'un feul objet, fon cœur eft devenu naccef-

fible à la crainte. Une troupe d'hommes paſſe ;
alors cependant elle craint d'être arrachée d'un
lieu qu'elle préféreroit au trône de l'univers.
Elle ſe leve, & fuit ſe cacher ſous des feuillages. Elle eſt apperçue ; on la ſaiſit, on l'em-
mene, malgré les cris plaintifs qu'elle pouſſe
juſqu'au Ciel.

Ces hommes étoient des Mariniers d'un
vaiſſeau François, qui venoit de relâcher dans
une baie voiſine de ces lieux. Ils s'étoient ré-
pandus dans l'Iſle pour chercher des rafraî-
chiſſemens, & ils avoient vu la jeune Sauvage
au moment qu'elle vouloit ſe dérober à leurs
regards. Frappés à la vue de ſes longs cheveux,
de ſa belle taille & de ſes traits, qui étoient
les plus beaux du monde, ils ne manquerent
pas de faire une capture ſi fort de leur goût.
Elle fut préſentée au Capitaine du vaiſſeau
nommé M. le Comte de *Saint-Pal* .... Sa beauté
fit ſur lui la plus grande impreſſion. Il fut tou-
ché de ſon déſeſpoir, de ſon air naïf & intéreſ-
ſant. Il tâcha de ramener la conſolation dans
ſon ame par des égards & des prévenances
ſans nombre, par les procédés les plus tou-
chans & les plus honnêtes. Il la conduiſit en
France, la combla de bienfaits, lui donna
toutes ſortes de Maîtres pour l'inſtruire, &

la nomma Mademoiselle *de Milfort*. La diver-
sité des objets, la multitude de ses occupations,
suspendirent pour un temps le cours de ses
chagrins. Elle apprit parfaitement tout ce qu'on
voulut lui apprendre. Elle fut un modele de
sagesse & de beauté. Mais la connoissance de
nos mœurs & le souvenir de son Amant, lui
firent bientôt regretter les vallons qui l'avoient
vu naître, & la rendirent à toute son amertume. Elle fut en garde contre les séductions
d'un monde qui corrompt tout ce qui l'approche. On lui proposa plusieurs partis avanta-
geux; elle les refusa tous. *J'ai donné ma foi,*
disoit-elle, *je ne puis plus la donner.*

Elle n'oublia point les dernieres paroles de
Florello; elles étoient gravées dans son cœur.
Elle se fit des principes d'après les connoissan-
ees qu'elle avoit acquises; mais elle ne put se
défendre d'un profond sentiment de mélancolie
qu'elle conserva jusqu'à son dernier soupir.

M. de *Saint-Pal* mourut, & par son testa-
ment lui laissa une rente viagere de 4000 liv.
La mort de son bienfaiteur acheva d'empoisonner ses jours. Le séjour des Villes, celui de
Paris sur-tout, où elle avoit demeuré long-
temps, lui devint odieux. Elle ne pouvoit se
faire à nos usages, à nos vaines cérémonies

nos préjugés, & à tous ces liens d'une froide éti-
quette, que ne connoiffent point les Nations
indépendantes. Sa belle ame, fon ame douce,
aimante & fenfible, gémiffoit en voyant par-
tout des chaînes & des entraves. Elle n'apper-
cevoit autour d'elle que des ames ftériles &
de glace, dans lefquelles elle ne pouvoit répandre la fienne. Tous les objets qui frappoient
fes regards, envenimoient de plus en plus la
profonde bleffure de fon cœur. Elle regrettoit
amerement fa liberté primitive ; elle auroit
voulu retourner mourir dans fes déferts ; mais
voyant que cela n'étoit plus poffible, elle
chercha du moins à fuir des lieux trop bruyans
pour elle, & qu'elle ne pouvoit aimer.

L'ennui dont elle étoit dévorée éclata bientôt. Une parente de M. de *S. Pal*, qui la ref-
pectoit beaucoup, s'apperçut de fon dégoût
& de fon antipathie pour l'affemblage des Peuples. Elle avoit une Terre dans le Langue-
doc, aux environs de Montpellier. Elle lui
propofa d'y aller faire fon féjour. Mademoi-
felle de *Milfort* faifit cette offre avec empref-
fement, & ne tarda pas de s'y rendre. Elle fe
retrouva avec joie dans la folitude ; elle paffoit
les jours entiers feule, dans les bois qui entou-
roient cette maifon de campagne. Elle méditoit

fur la vie, fur la condition humaine, & fur l'incertitude du fort qui nous attend au-delà du trépas; mais elle croyoit à un Dieu bienfaifant, à une Providence fage, qui regle tout, & veille également fur tous les êtres. Elle la béniffoit, cette Providence; elle fe trouvoit heureufe d'être fous fon empire : fa vertu faifoit fa fécurité. Si fes jours ne couloient pas dans la joie, ils couloient du moins dans ce repos mélancolique, dans cet état de réflexion, qui chaffe le fantôme des terreurs, & fait voir de fang-froid les approches de la mort.

Elle avoit pour toute compagnie quelques bons Villageois, avec lefquels elle aimoit à s'entretenir. Elle retrouvoit parmi eux l'innocence précieufe de fes jeunes années. Elle fe plaifoit à les affembler fous quelqu'ombrage, pour leur donner des leçons de concorde & de bienfaifance. Elle-même leur en donnoit l'exemple, en leur faifant tout le bien qu'elle pouvoit.

Elle ne ceffa point de donner des larmes au fouvenir de fon cher Florello. Elle l'aimoit toujours; elle prioit le Ciel de les unir bientôt. Ses vœux à la fin furent exaucés. Tout contentement s'éteignit au fond de fon cœur. Sa fanté devint de plus en plus languiffante; elle mourut, victime d'une douleur lente, après

dix années de séjour parmi les François, &
emporta dans le tombeau l'admiration, les regrets & les larmes de tous ceux qui l'avoient
connue.

FIN.

www.ingramcontent.com/pod-product-compliance
Ingram Content Group UK Ltd.
Pitfield, Milton Keynes, MK11 3LW, UK
UKHW022317070726
13614UKWH00002B/782